# 地縛霊側のご事情を
## さざなみ不動産は祓いません

月並きら

富士見L文庫

# CONTENTS

# 序章　はじまりの事情

和装に身を包んだその男は、真っ暗な廊下の隅で息を潜めていた。

「このレベルのがいるなんて、聞いてないぞ……」

除霊師としてその名を挙げて二十年、これほど強力な地縛霊と対峙(たいじ)したのは数年ぶりだった。男の目的は既に、この霊を祓(はら)うことから、無事にこの館から逃げ延びることへと変わっていた。

体が動かない。胸から腹にかけての部分が、まるで鉄の塊を呑(の)み下したかのように重たくなっている。玄関は数メートル先に見えているのに、立ち上がることさえできない。

屈(かが)みこんだまま気配を殺していると、またあの少女の歌声が聞こえてきた。この声を聞いてはいけない。分かってはいるものの、聴覚は自然とその奏でに惹(ひ)きつけられてしまう。慌てて両耳を手で塞ぐが、指の隙間からこぼれるようにして、声はするりと侵入してきた。

透きとおった声音にうっとり聞き入っているうちに、意識が遠のいていった。うたた寝をするような心地よい快楽の中へ、ゆっくりと落ちていく。

ぼんやりと滲(にじ)んでいく視界の端に、こちらへ近づいてくる人影が映った。

少女ではない。透明でもなかった。

そのくっきりとしたシルエットは、まるで――。

# 第一章　幽霊屋敷の事情

インターホンの音が、閑静な住宅街にこだまする。

私はパーカーのポケットに手を突っ込んだまま、隣に立つ男に向かって、苛立(いらだ)ちの視線を浴びせた。

「なあ、鳴らす意味ないやろ。鍵、持ってんねんから。とっととこの門開けて入ろうや」

そう言ってポケットから取り出した鍵を、彼の顔の前に掲げる。神代紘一(かみしろこういち)は百八十センチ強の長身から、目線だけ動かして私の方を見下ろした。

「それはやめとこうよ。いきなりガチャって入ってくのは感じ悪いと思う。警察のガサ入れじゃないんだからさ」

神代が決め込んだ濃紺の無地のスーツが、春の陽光をきらきらと照り返している。季節はそろそろ夏に突入しつつあるというのに、見ているだけで暑苦しく感じる服装だ。私はうんざりした気分で、鍵を神代の手の中に押し込んだ。

「お前、お人好し過ぎんねん。無断で占拠してる奴に、そんな気ぃ遣う必要ないやろ。この館の管理権は私らにあんねんぞ」

「それはこっちの理屈でしょう」神代は穏やかな口調で言う。「居座ってる側にも言い分はあるはず。まずは話を聞いてあげないと」

神代の指がインターホンのボタンを押す。ピンポーンと乾いた電子音が再び響くが、やはり返事はない。もうええやろ、と私は鋭い視線を神代に向けた。

そのとき、エンジン音を耳にして、私たちは同時に振り返った。頭の禿げ上がった中年の男が、高級セダンの運転席から降りてくるところだった。どこかで見たことのある顔だったので、記憶を辿るが、誰だか思い出せない。

そこは空き家だよ、と男は言った。そのしわがれた声を聞いてようやく思い当たる。この館の隣の敷地に住んでいる男だ。

「五年くらい前に、住人が亡くなったんだ。今は誰も住んでない」

私は、住宅地の中で寂しそうに佇む、その洋風の豪邸を見つめた。

百坪を超える広々とした敷地を、可愛らしい薄オレンジ色の外塀が取り囲んでいる。鋳物で出来たゴージャスな門扉越しに、敷地の半分を占めるこざっぱりとした庭と、えんじ色の屋根をあしらった邸宅が見えていた。三角屋根から煙突が飛び出した二階建てで、小さいながらもお城のような風格をもった欧風住宅だ。

男は何かに思い当たったらしく、ああ、と退屈そうな声を漏らした。私たちの方へ顔を近づけ、声をひそめる。

「もしかしてあんたらも、除霊師ってヤツなのかい？」

その肩書きには似つかわしくない連中だと思ったのか、男は訝しげな目で私たちを観察してくる。

私は耳が隠れるくらいのショートヘアをブラウンに染めており、ゆったりとした薄緑色のパーカーに、黒のスキニーパンツという格好。隣の神代は私とは対照的に、暑苦しいスーツ姿でビシッと決めている。端から見れば、あまりにも統一感のない二人組だ。怪しまれるのも無理はない。

神代が面倒なことを口にする前に、私が質問に答えた。

「除霊師……って、何ですか、それ？　全然ちゃいますよ」少なくとも、表向きには。

「私ら、ここを管理してる小っちゃな不動産業者です。今日は、この建物の現況を確認しにきたんですわ」

「ふうん」と男は興味なげに相槌を打った。「この前来た、胡散臭い男の仲間かと思ったよ。まあどっちにしろ、この家に関わるのはやめときな」

会釈でこの場をやり過ごそうとした私をよそに、神代が長身を折り曲げて会話に入ってきた。

「それって、どういう意味です？　何か物騒な話でも？」

「ここはいわく付きでな」男は眉をひそめる。「心霊現象が頻繁に起こってるらしい。実際に何人か、犠牲者も出てるんだ。近所じゃ、幽霊屋敷（やしき）って呼ばれてる」

「それ、ここのオーナーからも聞きました。何でも、この館を解体しようとした工事業者の作業員が次々に倒れちゃったとか」

「それだけじゃない」男は眉をひそめて首を横に振った。「除霊師を名乗ってた着物姿の男も、原因不明の病にかかっちまったらしい。誰も住んでないはずなのに、この館からは時おり少女の声が聞こえてくる。それを聞いた奴はみんなおかしくなっちまうんだと」

「あなたも実際にその声を？」神代は微笑（ほほえ）みを浮かべている。

「いや、俺は聞いてない。幽霊を信じてない奴には、聞こえないようになってんじゃねえか？」

「一応、耳栓か何かしていった方がいいですかね」

神代は冗談交じりに、耳のあたりを指すジェスチャーをする。禿げ頭の男は、ふんとつまらなそうに鼻を鳴らした。

「ご忠告ありがとうございます。僕たちも細心の注意を払って、調査にあたります」

神代が深くお辞儀をしたのをきっかけに、男は不審そうな表情のまま車に乗り込み、走り去って行った。

「少女の声、か……」微笑みを崩さずに、神代はつぶやいた。「どう、あおい？　声は聞こえる？」

「さっきから探ってるけど、聞こえへんな。この距離じゃ、室内の音までは正確に拾われへん」

私が顎で館の方を示すと、神代は「分かったよ。もう鳴らさないってば」と、先ほど手渡した鍵を取り出した。立派な門扉を開錠して、押し開ける。錆びついた蝶番がギイイと耳障りな音を立てた。

門を押し開け、雑草の伸び切った庭を横目に、石畳のステップをわたる。広大な庭は、かつて綺麗な芝が一面に敷かれ、樹木や低木、華麗な花々で埋め尽くされていたらしいが、今では侘しい広場でしかない。

庭を横断し、大きな木製の玄関扉の前までやってくる。神代が鍵を開けて取っ手を引くと、玄関扉は静かに開いた。館に立ち入ろうとした私は、神代の広い背中に激突する。彼は扉の少し手前で立ち止まっていた。

「お邪魔しまーす！」

神代はそんな溌剌とした挨拶をし、お辞儀をしてから、玄関に足を踏み入れる。

「うるっさいなあ！　要らんやろ、そんな挨拶！」

「だから、何も言わずに入ってこられたら気分悪いでしょう。最低限のマナーだよ」

玄関を入ると、奥へと廊下が延びていた。扉がいくつか見え、二階へ続く階段も見える。天井や壁はクリーム色で統一され、床や階段はこげ茶色のフローリングだ。室内は電灯がついておらず、日がまだ高くないとはいえ、薄暗く感じた。

靴を脱いで玄関に揃えている間も、私は、この館全体に充満する異様な空気を感じ取っていた。

――リビングの方から気配がする。

私は自分の能力を使い、隣に立つ神代に向かって、彼にしか聞こえない方法で語りかける。

――ちょっとだけ呼吸音も聞こえる。おるで。

「うんうん。失礼のないようにしないとね」

神代は微かに笑みを浮かべ、ネクタイを直し、襟を正した。

廊下をまっすぐ行ったつきあたりにある、広い部屋へ続いていそうな扉。異様な気配はその奥から漏れ出ている。私と神代は互いに目配せをしながら、幅の広い廊下を並んで歩く。

神代は扉の前で立ち止まると、扉を二回ノックした。応答がないことを確認してから、ゆっくりとそれを押し開く。

扉の向こうは、広々としたリビング兼ダイニングだった。調度品は最低限しか残されておらず、木製のダイニングテーブルと椅子が四脚、ソファーとローテーブル、あとはテレビが置かれているのみ。

壁の下の方には、こぢんまりとした暖炉がぽっかりと口を開けていた。表の通りに面した窓があるようだが、今はクリーム色のカーテンで閉ざされている。右奥にスペースを贅沢に使ったキッチンも見えるが、物が何も出ておらず生活感はない。

——ソファーの裏や。

私はまた神代に言葉を伝達する。ソファーの裏から気配がしている。おそらくあそこに、誰かが隠れている。

「どうもどうも、はじめまして」

神代はソファーの方へ向かって、はきはきと言い放った。

「突然お邪魔しまして、失礼いたしました。私、さざなみ不動産の神代と申します」

相手から返事はなく、こちらへ出てくる様子もない。

「そちらにいらっしゃるのは分かってますよ」神代は勿体ぶった口調で呼びかける。「よろしければお顔を見せて、一度、お話しさせていただけませんか？」

神代の呼びかけに、ソファーの背もたれの裏から、ひょこっと頭が覗いた。少しずつ顔が見えてきて、整った面立ちの少女が現れる。

年齢は高校生くらい、水色のワンピースに身を包んだ黒髪の少女だ。右頬の控えめなほくろが印象的に映る、可憐な美少女だった。

中腰で胸から上だけをソファーから覗かせ、やや身を引いて私たちを睨んでいる。その体はうっすら透けており、彼女の身体越しに部屋のクリーム色の壁がぼんやり見えていた。

「あなたたち、誰ですか」怯えている様子はなかった。こちらを警戒し、威嚇するような口調だ。「この家から出て行ってください」

神代は爽やかな笑みを浮かべたまま、彼女のいるソファーの方へ歩きはじめた。ジャケットの内ポケットをまさぐりながら、ゆっくり近づいていく。

接近してくる神代を警戒し、少女は慌てた様子で立ち上がった。深く息を吸い込むと、顔を少し上向かせて口を大きく開く。

次の瞬間、彼女の口からとんでもない音量の声が放たれた。鼓膜が破れる危険を感じ、私は咄嗟に指で耳の穴を塞ぐ。オペラか合唱か、どこかで耳にしたことのある外国語の楽曲だ。あたり一帯の空気を突き刺すような、ビブラートの利いた力強いソプラノボイスが館中に響きわたった。

初めはその声量に驚いていたが、すぐに更なる異変に気がつく。彼女の歌声が鼓膜を揺らす度に、ずん、ずん、と内臓のあたりに重苦しい感覚が走った。やがて、右側の側頭部にも針で刺されたような痛みが走り、私は思わず呻き声を上げる。徐々に頭に靄がかかるように思考が鈍っていき、意識が遠のいていく。

意識が朦朧とする中、私は目を閉じて聴覚を研ぎ澄ました。能力を使って、聴こえてくる音を一つ一つ拾っては、外へと逃がしていく。それでも多少は歌声が耳に入ってきたが、身体へのダメージはかなり軽減された。

特定の音波を聴かせることで、相手の生理的機能を狂わせる能力のようだ。事前に聞いていた情報とも合致している。似たような力を持った霊には何度か出遭ったことがあるが、どれと比べても威力と即効性が桁外れだ。

辺りの状況を確認する余裕が生まれ、私は神代の方に目をやる。彼は少女の目の前に立ち、彼女の歌声を至近距離で浴びながら、穏やかな微笑を浮かべていた。

「歌がお好きなんですね。声楽か何か、やられてたんですか？」

顔色一つ変えずに尋ねてくる神代に、少女は困惑の表情を浮かべていた。声が震えはじめ、時おり途切れるようになる。

「ちゃんとやってる人って、発声から違いますよね。羨ましいなあ。僕なんかめちゃくちゃ音痴で、カラオケではいつもタンバリン要員ですよ」

少女は数十秒のあいだ歌いつづけた後、憔悴(しょうすい)した様子で歌をやめた。息を切らしている少女に向かって、神代は申し訳なさそうに眉を下げた。

「申し訳ありません。先に説明しておけばよかったですね……。あなたを疲れさせてしまいました」

爽やかに謝罪する神代を、少女は怯えるような目つきでじっと見ている。

「僕には、霊の攻撃が全く効かないんです。そういう特殊な体質でして」

「体質……？」

「そうなんです。霊の中には凶暴なのもいまして、殴ったり蹴ったり、襲いかかってくることもあるんですが……僕はその影響を一切受けないんです」

「こいつは霊感が強すぎんねん」私は少し離れたところから補足説明をする。「バカでかい霊感を持つ人間は、ごくまれに、霊の干渉を全く受けない体質で生まれることがある。

お嬢ちゃんの歌もこいつには効かへんで」

にこやかな笑みを浮かべる神代を、少女は目を丸くして見つめていた。

驚くのも無理はない。彼女の歌唱の威力はすさまじいものがあった。私はたまたま能力との相性が良かったから、ダメージを最小限に抑えることができたが、普通の人間ならものの数秒で意識を失っていることだろう。神代が無傷でいることが異常なのだ。

少女はふわりと空中に浮かび上がり、天井の近くで静止した。部屋の隅を陣取ると、また大きく息を吸い込んで、先ほどと同じ歌を歌いはじめる。

私はまた意識を聴覚に集中させ、聴こえてくる音を外へ逃がしていく。先ほどよりも声のボリュームが大きいため、完全に音を逃がすことはできないが、意識を保てないほどではなかった。

見ると神代は、相変わらず柔らかな笑みをたたえ、微動だにせず立っていた。

「もう諦めや！」私は耳を塞いだまま、彼女に向かって叫ぶ。

少女は歌唱を続けながら、私を不審そうに一瞥した。その後、神代の方へ視線を移動させ、彼のあまりに穏やかな表情に驚く。

「こいつには何したって無駄やで！　あんたとこいつとの間に、チリ一つ通さない、分厚い壁があるのを想像したらええわ！　何の攻撃も通らへん！　あんたが消耗するだけや！」

彼女は私の言葉をきっかけに、歌うのをやめた。歌が止んでから数秒経って、神代がおもむろに口を開いた。

「概ね、彼女が説明したとおりです。僕にはどんな攻撃も効かないんです。恐れ入りますが、この能力がある限り、実力行使で僕を追い払うことはできません」

少女は眉間に皺を寄せて、神代の方を睨んでいた。神代は意に介さず、マイペースに進める。

「申し遅れましたが、神代紘一と申します。神の代理人と書いて、神代です」

神代はそんな大それた自己紹介をしながら、再びスーツの内ポケットに手を差し込んだ。何かを取り出して、ソファーの前のローテーブルに丁寧に置く。私はすぐにそれを覗き込んだ。

『さざなみ不動産　資産管理部　除霊師　神代紘一』

少女は遠巻きに神代の様子を見ていたが、やがてソファーを回り込み、しゃがんでその名刺を覗き込んだ。

「除霊師……っていうんですか？」少女は眉間に皺を寄せる。

「そうです。ご存じありませんか？　生まれつき強い霊感を持っていて、悪霊に対抗する能力を持っている人間を、そう呼ぶんです」

「おい、おい、神代！」私は名刺を拾い上げ、神代の目の前に突き付ける。「こいつは何や⁉」

「何って、名刺だよ？　見たまんま」

「それは分かっとるわ！　何を堂々と『除霊師』なんて書いてんねん、アホか！　こんないつの間に作ったんや⁉」

「いいでしょ、これ」神代は名刺を手に取り、満足そうに眺める。「地縛霊の皆さんからしたら、除霊師って名乗られた方が話しやすいんじゃないかと思って。不動産業者って言われても、あんまりピンとこないでしょ？」

「落としてもうたら、どうすんねん！　除霊師の存在は、一般には知られてへんねんぞ！」

「大丈夫だよ、ゼッタイ落とさないから」神代は自信に満ちた顔でそう言った。

さざなみ不動産の従業員は全員、普通の会社員同様、従業員としての名刺を支給されている。それは不動産のオーナーや他の不動産業者に渡すもので、もちろん「除霊師」などという怪しさ満載の肩書きは記載されていない。どうやら神代は、それとは別に、霊に渡す用の名刺を自前で作ったらしい。

「すみません、自己紹介に戻りますね」

神代はローテーブルの上に名刺を置きなおした。

「僕たちは、この館の所有者から、ここの管理と売却を依頼されている不動産業者です。僕が神代で、こっちが……」

神代が手で私の方を指し示す。

「更科あおい。こいつと同じく除霊師や」

「二人とも同じさざなみ不動産の社員です。服装が違いすぎて驚かれたかもしれませんが」

そう言って、スーツ姿の自分と、パーカー姿の私を交互に見ながら、にこやかに笑う。

「不動産業者の人が、何の用ですか」少女は警戒の色を隠さずに尋ねてくる。

「率直に申し上げますと、あなたには、このお館を引き払っていただきたいのです」

「……そうだと思いました。私を追い出しにきた、ってことですね」

「ご存じだとは思いますが、この館と敷地は現在、高橋宗司さんという方が所有しています。ところが、館を取り壊して土地を売却しようにも、取壊しになかなか着手できず、困っているとのことなんです。なんでも、解体業者が現況を調査しようとこの館を訪れるたびに、怪奇現象が起こってしまうんだとか」

「怪奇現象……ですか」

「心当たりがないとは言わせへんで、お嬢ちゃん」私は少女に鋭い視線を向ける。「あんたがその上手なお歌で、この館に立ち入った人間を攻撃してきたせいや。違うか？」

少女は何も答えず、気まずそうに視線を逸らした。肯定しているのとほとんど変わらない反応だ。

「つまりあなたたちも、私を除霊しにきたってことですね。この前やってきた、着物のおじさんみたいに」

少女は上目遣いで私たちの様子をうかがう。

いいえ、と神代は即答して、穏やかな笑みを再び浮かべた。

「僕たちは、除霊師を名乗ってはいますが、除霊をすることはありません」

「……どういう意味ですか」

「僕たちが来た理由はただ一つ。あなたと話し合いをしにきたのです」

ゆったりとしたペースで神代は続ける。

「どんな地縛霊にだって、事情があると思うんです。それぞれ正当な言い分や要望があるはず。だって、元人間ですから。道徳から大きく外れるようなことをするはずがない。それなのに、彼らの言葉に耳を傾けず、一方的に、はい除霊、はい退治というのは、人間側の傲慢だと思うんですよ」

熱のこもった神代の言葉に、少女は半信半疑といった様子で耳を傾けていた。こうして会話をしている様子を見ると、彼女が生きているのではないかという錯覚を受ける。

しかし、彼女の体はやはり半透明になっており、向こう側のソファーや壁が透けて見えている。足もとに目線を落とせば、彼女の足の裏は床に触れておらず、若干、宙に浮いている状態だ。霊は人間界のものに触れることができないため、地面を歩いたり、物を摑んだりすることはできない。

「地縛霊側の事情と、人間側の事情……特に不動産のオーナーの事情ですね。その二つを尊重し合って、折り合いをつけて円満にご退去いただく。それが弊社のポリシーです。あなたとは、そういう話し合いができるんじゃないかと思っています」

少女は戸惑うように目を伏せる。視線の先にはテーブルに置かれた神代の名刺があった。

「すみません、ペラペラと一方的に喋っちゃって。差し支えなければ、あなたのお名前を教えていただけませんか?」

神代が踏み込んだ質問をすると、少したためらう間があった後、少女はおもむろに口を開いた。

「……こ、小清水カノンです。叶える音と書いて、叶音」

私と神代は目を見合わせる。見た目の年齢や服装の特徴もたしかに一致している。

「やはりそうでしたか……。あなたの身に起こったことは、僕たちもお聞きしています。

本当に痛ましい事件でしたね」

五年前に、この家で発生した強盗殺人事件。

被害に遭ったのは、その数年前に一家の大黒柱を亡くし、この広い家に遺された母子だった。小清水美羽と、その娘の小清水叶音は、金品を強奪する目的でこの館に侵入した強盗犯に、二人揃って惨殺された。

ここは、とカノンはおずおずと口を開いた。私たちが次の言葉を待っていると、ようやく言葉を続ける。

「ここは……私の住んでいた家です。生まれてからずっとこの家で育ちました……ここ以外に、私の居場所はありません」

彼女は必死に私たちに訴えかけた。

「私にはもう、家族がいません。親はどっちも死んでしまったし、兄弟・姉妹もいないんです。友達は少しはいたけど、幽霊の姿じゃ会いに行っても怖がらせるだけですし……。だからせめて、この家で生活させてくれませんか……？　寂しくても構いません。これからは、静かに、誰にも迷惑をかけないように暮らすので……」

カノンが話している間、神代は目をつむっていた。

じっくりと自分の心の中に染み込ませるように、目を優しく閉じたままうなずいている。

神代は人の話を聞くとき、よくこういう風に目をつむる。

「お気持ちはよく分かります。しかし、人間界の土地や建物は、人間のルールで運用されています。もしもあなたが生前、自分の住む家に霊が棲みついて、嫌がらせを続けられたら、どう感じていたでしょうか。人間界のルールと、あなたのお気持ち……両方を上手く擦り合わせなければ、お互いが損をすることになります」

「でも……でも、私がここから動こうとしなければ、皆さんにはどうすることもできませんよね？　力ずくでというなら、私だって抵抗します」

気の強い子だ、と私は感心した。

霊としての力の強さは、精神の強さに比例する。彼女の能力を支えているのは、この強靭なメンタルだろう。

「僕たちは、あなたに危害を加えたくありません。だからこういうお願いをしているんです」

「それって、どういう意味ですか。……もしかして、脅しですか」

「脅しっていうより、アドバイスって捉えられへんかな？　このスーツの兄ちゃんは、あんたのことを心配して言うてんねん」

私はパーカーのポケットに両手を突っ込んだまま、カノンに顔を近づける。声のトーンを少し落として、ささやくように話す。

「私らみたいな、平和ボケしたポリシーの除霊師はごくごく少数や。除霊なんてのは普通、庭にできたハチの巣を駆除するくらいの感覚で、有無を言わさず済ませるもんなんやで。霊には人権なんて認められてない。前にオーナーが雇った除霊師はあんたに撃退されたみたいやけど、こっちが本腰を入れれば、あんたを除霊するのなんて簡単や」

カノンは神代に向かって、助けを求めるような目線を送った。神代はテーブルの隅の一点を見つめていたが、すぐに目線を前へ戻した。

「表現は少し過激でしたが……あおいの言っていることは本当です。優れた除霊師を手配するツテと、彼らへの報酬を払える経済力さえあれば、あなたを力ずくで除霊することは難しくないと思います。そうなれば、あなたという存在は……この世界から完全に消えてしまいます」

神代は悲しそうな目をしている。

当然ながら、これほど強力な地縛霊が相手となれば、確実に除霊が成功するとは限らない。何とか除霊に成功したとしても、彼女の能力からすれば、除霊師側も無傷では済まないだろう。

話し合いで円満に立ち退いてもらえるのであれば、わが社としてもそういったリスクを回避できる。オーナーからすれば、優秀な除霊師を何人も手配する手間と費用を削減できるというメリットもある。

そういう需要から、地縛霊との間で立退き交渉を行う、我々のような異質な除霊師が誕生したのだ。

「そうならないためにも、カノンさんには平和的に、ここを明け渡していただきたいのです」

「お二人の言ってることも……理解はしてます。この家はもう他の人のもので、色んな人に迷惑がかかってるってことも。でも……」

俯いていた彼女は、迷いを断ち切るように顔を上げた。

「私にとっては、この館を離れるくらいなら、消えてなくなった方がマシなんです」

「それって、何の非もない他人に迷惑をかけてでも、この家に居座りたいってことでええか？」

彼女のペースに持っていかれないよう、さらに揺さぶりをかけてみる。

「えらい自己中心的な考え方ちゃう？　解体業者の中には、あんたの歌の後遺症で、未だに体調不良を訴えてる奴もおんねんで」

「それは……それは……」困ったように言葉を詰まらせる。「そうなんですか。すみません、初めて知りました。私も、自分のこの力のことを、あまりよく分かっていないので……」

「よく分かってない力なら、なおさら気軽に振るったらあかんやろ。自分の都合だけで他人を攻撃するなんて、ヤクザとおんなじ考えやで」

あえて強めの口調で責め立てつつ、神代の脳内にメッセージを送信する。

——神代、フォローせえよ?

「ちょっとあおい、そういう言い方はよくないよ」

神代は真剣な表情で、私の言葉を遮った。私のメッセージを汲み取ったのかもしれないが、彼の性格上、本気で私を窘めている可能性もある。

「この館にやってきた解体業者や除霊師が、カノンさんに十分な説明をしないで、強引な手段をとってきたことは事実だと思う。カノンさんにとっては、侵入者から身を守る正当防衛的な意味合いもあったはず。これまでは、お互いに話し合う努力をしなかったから、行き違いが起きていた。それだけのことだよ」

カノンは不安そうな目で神代のことを見ていた。神代は彼女の方へ爽やかな笑顔を向ける。

「カノンさんのお気持ちはよく分かりました。今日のところはお暇しますね。もともと、

「ご挨拶だけのつもりでしたので」

神代はテーブルの上の名刺を回収して、名刺入れにしまい込む。霊は人間界の物体に触ることができないため、カノンに直接名刺を手渡すことはできない。

神代は名刺入れをジャケットの内ポケットに戻すと、併設されたキッチンの方を覗きはじめた。

「キッチンもいいデザインですね。広々としてて使いやすそうですし」

シンクやコンロのあたりをじろじろと観察している。

「こういう家ってほんと憧れちゃうなあ。僕はボロアパート暮らしが長かったから」

私たちが玄関まで歩いていくのを、カノンは緊張した面持ちで見送っていた。玄関で靴を履いている間、彼女が不安そうに尋ねてきた。

「……お二人は……また来るんですか？」

「そのつもりです。カノンさんともっとお話ししたいですから」

神代は靴紐を結びながら答える。

「……また来ても、私の気持ちは変わらないと思います。お二人の要望には応えられません」

「そこは、もう少し話してみないと分かりませんよ。次回はそんなに気を張らず、気楽にお話ししましょう。口うるさい親戚のおじさんくらいに思ってください」

「お二人の時間を無駄にするだけだと思います」

「全然気にしなくていいですよ。僕たち時給制なので」

神代は顔を上げ、今度はいたずらっぽく笑った。

「働いた分だけ給料が出るので。何ヵ月でも、何年でも通う覚悟です」

「何年って……それはさすがに困ります」カノンはかすかにだが、初めて笑顔を見せた。

「覚悟した方がええでー。こいつはアホみたいにしつこいからな。ほんま、ストーカーの素質あると思うわ」

「僕の一番の取り柄は忍耐力だからね。粘り強さには定評があるんだ」と神代は胸を張る。

「いや、嫌みで言うたんやけど。ほんまにアホやな、お前」

靴紐を結び終わると、神代はびしっと背筋を伸ばした。

「それでは、今日はゆっくり休んでください。さっきの歌で、体力を消耗してると思いますので」

柔和な笑みを浮かべたまま、神代はお辞儀をした。

閉まりゆく玄関扉の隙間から、廊下で小さく頭を下げるカノンの姿が見えた。

＊

神代と肩を並べて住宅地を歩く。私たちの身長には二十センチ以上の差があるので、正確には肩は並んでいない。

あの館から駅までの道沿いには、敷地(しきち)の広い戸建ての住宅がずらりと並んでいた。

この地域は、ビジネスの中心地から電車で三十分程度という立地と、有名な高級住宅地に比べれば地価が低いという特徴から、不動産市場で根強い人気を誇っている。高級住宅街とまでは言わないまでも、所得の高い層が住まうエリアではあり、行き交う人たちの所作にもどこか気品が感じられた。

「ねえ、あおい。幽霊って手を洗うと思う?」

突然そう言って、神代は私を見下ろした。左手をズボンのポケットに入れ、ビジネスバッグは肩のあたりで掲げて持っている。

「何を言うてんねん。洗えるわけないやろ」私は笑いながら答える。「あいつらは人間界のモノには触れないんやから」

人間は生まれながらにして、霊的な要素と、物質的な要素を併せもつ。精神と肉体、と言い換えてもいい。通常、人が死ぬと、精神はその入れ物である肉体を失うため、この世界に留まることはできなくなってしまう。

ところが時おり、強い未練を持ったまま死んだ人間の、霊的な要素のみが、この世界に残留することがある。入れ物を失くした中身が独立して、霊体という即席の器を自ら作り出し、まるで人間のように振る舞うことがあるのだ。

我々が霊と呼ぶ存在は、そうやって生まれてくる。中でも、自分の居場所に強いこだわりを持つ霊を、除霊師たちの間では地縛霊と呼んでいる。

そして、霊は、霊的な要素を持っているもの——つまり、人間と霊にしか、干渉することができない。

「水には触れへんし、そもそも蛇口を捻ることすらできひんやん」

「そうだよね。でもね、シンクがちょっとだけ濡れてたんだ。あれは明らかに最近のものだった」

神代が帰り際、キッチンの様子を確かめていたのを思い出した。

「それとさ、あの家って全体的にホコリまみれだったでしょう？」

「せやな。床もソファーもホコリまみれやった。掃除しに来る人なんかおらんかったし、無理もないわな」

最後に訪れたベテランの除霊師が撃退されてから、既に数ヵ月が経過している。この館はその間、ブレーカーは上げっぱなし、掃除も全くできていない状態で、放置されてきたのだ。

「テーブルの上にもホコリが積もっててさ。あー、これ掃除したいなあって思いながら見てたんだよ」

「お前、交渉中にそんなこと考えてたん？　相変わらず綺麗好きやな」

「そしたらさ、テーブルの隅の方に、ホコリが拭われてる箇所があったんだ。あれって、誰かが手で触っちゃった跡じゃないかな。ホコリが手に付いちゃったから、キッチンで手を洗った、とか？……これって、どう理解すればいいと思う？」

あの館の鍵を持っているのは、オーナーと神代の二人だけ。オーナーはあの地縛霊が現れてから一度もあの家に立ち入っていないし、神代もあの家を訪れたのは今日が初めてだ。

「誰か、あの館に出入りしてる第三者がおるってことか……？」

しかも、体の透けてない奴が。

自分でも答えを持っていなかったらしく、神代は微笑みながら肩をすくめた。

＊

カビ臭い空気を吸い込みながら、古びたコンクリートの階段を上がっていく。前を歩く神代が、ふう、とわずかに疲労感の混じったため息をついた。

三階の錆びついた鉄製の扉には、「さざなみ不動産」と印字されたプレートが掲げられている。その文字は薄れて消えかかっており、プラスチック製のプレート自体もボロボロだ。そろそろ付け替えたらどうかと思うが、わが社の社員以外が訪れることなどないから、特に不便もないのだろう。

扉を開けて事務所へ入ると、誰の姿も見当たらなかった。ただ、ソファーの前に置かれたローテーブルの上には、開きっぱなしの雑誌が置かれており、湯飲みに入った緑茶からは湯気が立っている。ホコリまみれの24インチのテレビもつけっぱなしになっていた。

神代は長身を折り曲げて、テーブルの上の雑誌を覗き込む。いかがわしいオカルト雑誌の見開きいっぱいに、心霊スポットの訪問体験記が写真付きで掲載されていた。

「社長が来てるみたいだね。入り口の鍵も開いてたし」

私は布地の毛羽立った二人掛けのソファーに、どかっと腰を下ろす。神代は窓際に立ったまま、腰を回して体のストレッチをしはじめた。

窓の外に目をやると、既に日が落ちかけており、空は赤く染まりはじめていた。帰路につくサラリーマンが駅前のロータリーを足早に行き交っている。部活帰りと思われる数人の高校生の集団が、気だるそうに並んで歩いているのも見えた。

ここは都内郊外、日の当たらない路地裏に建つ、空き室だらけのテナントビルの一室。さざなみ不動産は二か所の営業所と、ここ本社の三つの拠点を持っている。わが社は社長が総務回りを全て担当し、他の社員はみな営業担当なので、この本社はほとんど社長のプライベートルームと化していた。社員にとっては、時おりこうして立ち寄る中継基地でしかない。

給湯室の扉が開いて、ポロシャツにスウェット姿の小波（こなみ）社長が歩いてきた。ぽてっとした丸顔に、銀縁の丸眼鏡が相変わらず似合っている。

「おお、おお、ご帰還なすった」白髪の交じったあごひげをジョリジョリと触っている。

「警、警官コンビじゃないか。お疲れさーん」

「懐かしいですね、その呼び方」神代が腕のストレッチをしながら、嬉（うれ）しそうに振り返った。「社長、最近飽きてたのに」

警官コンビというのは、神代と私がタッグを組み始めた当初から呼ばれているあだ名だ。

「良い警官と悪い警官」という、取調べや交渉で用いられるテクニックの通称からとっているらしい。

　たしかに私は地縛霊との交渉戦術として、あえて悪い警官を演じている面があるが、神代は違うと思う。神代は根っからのお人好しであり、普段の交渉態度からも策略的な意図はあまり感じられない。

「今日は、間宮さんはいらっしゃらないんですか？」

「うん。朝から物件の調査をお願いしててね」

　間宮さんというのは、社長専属の秘書の名前だ。社長の学生時代からの親友で、さざなみ不動産を設立した当初から、社長の業務を陰ながら支えてくれていると聞く。

「例の幽霊屋敷はどうだった？」

　社長は私の隣に腰を下ろし、湯気の上っている緑茶を一口啜った。

「カノンちゃんとやら、噂以上のパワーやったわ。力尽くで出て行ってもらうんなら、私たちだけじゃ不安やな」

「ウソでしょ、そんなに強いの？　君たち二人でも難しいなんて」

「増員しないとキツイと思うで。有能な除霊師が、もう二人くらいは必要やろな」

「結局、どういう能力だったの？　やっぱり歌が関係してた？」

「そうみたいやな。歌声を耳から侵入させて、直接、脳に霊気を運ぶねん。これまでの除霊師は意識を失ったり、自律神経が狂う程度で済んだみたいやけど、使いようによっては、もっとえげつない攻撃もできるんちゃうか？」

「それって、耳栓とかしててもダメなのかな？」

「たぶん意味ないで。とんでもない声量やったし、あの歌は、ほんのちょっとの隙間からでも耳に侵入しようとしてくる。しかも、聴こえてる音が小さくても効果は絶大やった」

「とはいえ、さすがに警官コンビなら、万が一ドンパチになっても勝てるでしょう？　神代くんには攻撃が効かないし。あおいさんだって、能力で音を受け流せるじゃない」

「私の霊信は、そこまで万能ちゃうで。たしかに音の通り道を作って、ムリヤリ歌を聞かへんようにはできたけど、それが精一杯や。攻撃に転じる余裕なんてない。神代はそもそも攻撃手段をもってへんしな」

「えー、困っちゃうなあ」社長は笑顔であご髭をさすっている。「いま、うちの社員は皆パンパンなんだよね。オーナーが希望してる予算的にも、除霊師を外注するのは難しいし……何とかしてバトル展開を避けられない？　どうにかして、円満に出ていってもらおうよ」

社長は首を傾げてはいるが、その表情は嬉しそうだ。社長は普段から、社員が難しい案件に悪戦苦闘している様子を見て、楽しんでいるような節がある。

「神代くんの目から見て、どう？　立退き(たちの)に応じてくれる見込みはありそう？」

「今のところ、感触は良くないですね」神代はストレッチを中断して、こちらに向き直った。「カノンさんは明確に立退きを拒んでいます。生まれ育ったあの家を離れたくないとのことです。僕たちも、話し合いを始める前に一度、予告もなく攻撃を受けました」

「でも、相手は高校生のお嬢ちゃんでしょう？　どうしてそんなに凶暴なんだろう。もともと攻撃的な性格だったのかなあ？」

「いえ、そうではないと思います。以前に除霊師が攻撃をしかけたことで、警戒心が増しているんじゃないかと」

昨年、我々の前に入っていた不動産業者が、あの館に除霊師を一人差し向けている。実力派で知られ、経験も豊富な除霊師だったが、あっけなくカノンに撃退されてしまった。彼はあの歌声を聞いて意識を失い、翌朝、館の近くのゴミ捨て場で寝ているところを近隣住民に発見されたらしい。

「早くから友好的解決を図っていれば、ここまで態度は硬化しなかったかもしれません」

「初めからウチに頼んでくれてればねえ……」社長はため息をついて眉根を下げた。

さざなみ不動産で取り扱う物件のほとんどは、地縛霊が棲(す)みついてしまったいわゆる事故物件だ。オーナーの依頼に基づいて、地縛霊を立ち退かせてから、売却などを仲介する。私や神代のようなお抱えの除霊師が全部で六人いるほか、社長の広い人脈を使って、フリーの除霊師に外注をするケースもある。

除霊師を秘密裏に雇用する不動産業者が増えてきた中で、さざなみ不動産の強みは、地縛霊との和解的解決というオプションだ。

一方的に除霊を行うのではなく、地縛霊側の希望をしっかりと聞き、お互いの意向をすり合わせて円満に立ち退いてもらう。私は神代が三年前に入社したときから、彼とコンビを組んで、和解による解決専門の除霊師として活動している。

「こりゃ、下手すれば数カ月かかる案件だねえ。今後もこまめに報告を頼むよ」

「社長、なんだか嬉しそうですね」

神代に指摘され、社長はニヤリと口角を吊り上げた。

「だってこういう案件、好きなんだもん。事故物件が好きで不動産業界に入ったんだからさあ」

「ほんまに変わった動機やな……」私は机の上に置かれたオカルト雑誌に目をやる。「そんなにオカルトが好きなら、オカルト研究家にでもなればよかったやん。雑誌のライターでもユーチューバーでも、その趣味を活かしたいなら、他に向いてる仕事あったんちゃう？」

「いやいや、心霊に一番携われるのは不動産業者だよ。人間に悪さをする霊のほとんどが、自分の居場所にこだわる地縛霊でしょう？　そして、その地縛霊のほとんどが、人間の住居に棲みつくんだから」

霊とは、人間がもともと持っている霊的な要素……感情、感覚、感性と呼ばれるような部分だけが分離して、目に見える形で人間界に取り残されてしまった存在だ。

その多くは、人間だった頃の感覚や常識を強く残しているため、生前と同じく、できる限り人間の住宅の中で生活しようとする。彼らは、家の設備や家具はおろか、床や壁にすら触ることができないので、実際は家に住んでいるというより、家の中の空間でふわふわ浮いているだけなのだが。

「しかし、他所(よそ)からやって来て棲みついたパターンならともかく、元住人でそれだけ強力な地縛霊ってのも珍しいね」

「カノンさんの亡くなった経緯を考えれば、納得がいきます」

神代は鞄(かばん)から紙製のファイルを取り出し、立ったままページをめくりはじめた。あの館に関する資料一式を綴(と)じているものだ。私もちょうど確認したかったところなので、背伸びして隣からファイルを覗(のぞ)き込む。神代は私にも読めるように、ファイルの位置を少し下げてくれた。

カノンの父親である小清水誠二（せいじ）は、とある貿易会社の経営者だったそうだが、カノンが小学生の頃にがんで死亡している。あの館は、今から三十年ほど前、その会社の創業者であるカノンの祖父が、誠二の生まれた頃に建てたものらしい。

誠二が死亡してからは、その会社の経営は小清水家の手を離れた。誠二が遺（のこ）したあの館は妻の美羽が相続し、カノンは美羽と二人で、ささやかな暮らしを営むようになった。平和に暮らしていた母娘（おやこ）に悲劇が訪れたのは、五年前の五月。数名の強盗グループがあの家に押し入り、二人をナイフで殺害して逃走した。

「これって、強盗の犯人は捕まったんやっけ？」

「いや、捕まってないらしいよ。家の中がほとんど荒らされてなかったのもあって、証拠があまり残ってなかったんだって」

私にも見やすいよう、神代はファイルの位置を少し下げてくれた。神代が示したのは、ネットニュースをプリントアウトした紙だった。

「ほら、ここ。室内に物色された形跡はほとんどなかった、だって。家の中を物色する前に住人が帰ってきちゃったから、やむを得ず殺したんじゃないかってさ」

「亡くなった母娘のうち、娘さんの方だけ地縛霊になった、と……。本当に痛ましい事件だねえ……」社長が同情のこもった声でつぶやいた。

地縛霊の力は、死亡した時の恨み、怒り、悲しみ、未練といった負の感情の大きさに応じて強くなると言われている。母もろとも強盗に襲われ、無念の死を遂げた少女は、負の感情が凝縮された強力な地縛霊として、あの館に留まることになった。

「美羽さんに兄弟・姉妹の一人でもいれば、あの館は小清水家が引き継ぐことになったんだろうけどねえ」

小清水親子の死後、あの館と敷地は国に引き取られた。美羽の両親は既に死亡しており、美羽には兄弟・姉妹もいなかったため、相続人が一人もいなかったのだ。国庫に帰属し、のちに競争入札で売りに出されたあの館を、現在のオーナーである高橋さんが二年前に落札した。

「誠二さん側の縁戚が引き取る話も、一度は出たみたいですよ。ただ、あれだけ広い家だとメンテナンスも大変ですし、もし将来的に手放すことになった際に、ああいう事件があった物件に買い手がつくか不安だったらしくて。結局、譲り受けるには至らなかったみたいです」

心霊現象は、高橋さんがあの館を落札した直後から観測されはじめたらしい。近隣住民が夜中に少女の歌声を聴いたとか、その歌を聴いた通行人が体調不良で倒れたとか、そういう噂が立ちはじめた。

高橋さんはあの土地を早く売り払おうと考え、すぐに館の取壊しに動いたが、作業員が原因不明の不調でバタバタと倒れてしまい、作業が一向に進まない。オーナーが個人的に雇ったベテラン除霊師も追い返されてしまい、最後の手段として、さざなみ不動産に駆け込んだという経緯だそうだ。

「幸いにも、あの館の心霊現象の噂はまだそこまで広まってない。あの辺りは人気のエリアだし、ちゃんと土地をまっさらにできれば、買い手はつくと思うよ」

「おっしゃるとおりですね。あの地縛霊……カノンさんの能力からしても、円満に立ち退いてもらうのが最優先だと思います。時間をかけてでも、じっくり交渉を続けますよ」

神代はそう言って立ち上がり、ジャケットを羽織りはじめた。

「あれ？　またどっか出かけるん？」

「うん。ちょっと調べたいことがあってさ」

「なんやねん、出たり入ったり慌ただしいなあ。お前もたまには仕事サボれや。私が怠けてるのがバレてまうやんけ」

「それ、社長の前で言うセリフじゃないよ、更科さん」社長は楽しそうに笑っている。

「大丈夫、僕ひとりで行ってくるよ」そう言って黙々と支度を始める神代。「大したことじゃないし、個人的に興味があるだけだから」

「カノンちゃんの件と関係する話か？」

神代は静かにうなずき、ファイルのページをめくりはじめる。

「この資料を読んだときから、ずっと引っ掛かってたんだよね」

私に見せてきたのは、例の除霊師が作成した報告書だった。

「ほら、報告書の最後のところ。『意識を失う直前に男の姿を目撃した。霊ではなく人間のように見えたが、正体は不明。地縛霊の能力による幻覚の可能性もある』……」

「……おい、それってもしかして、さっき話してた侵入者と同じヤツか？」

「可能性はあると思う。あの館には継続的に出入りしてる人間がいるのかもしれない」

「でも、あの館の鍵は、お前とオーナーしか持ってへんやんけ。そいつはどうやって侵入してるん？」

「うーん、そこは謎だね」呑気な声を出す神代。「扉や窓に、こじ開けられたような形跡はなかったもんね」

「鍵穴から、合鍵は作れへんのかな？」

「あの館の鍵は最新のタイプじゃないから、技術的には一応可能だよね。でも、現実的じゃないと思う。時間のかかる作業だし、かなりの専門知識が要る。建物の所有者以外からそんな依頼を受けても、請け負ってくれる業者はいないんじゃないかなあ」

腰に手を当てて首をかしげる神代に、私はしびれを切らして尋ねる。

「ほんで結局、お前は今から何を調べにいくねん？」

「今日、カノンさんに直接会って、ひとつ分かったことがあるんだ。何だと思う？」

神代はうっすらと笑みを浮かべていた。勿体ぶった態度に苛立ち、私は神代を睨みつけた。

「うっとうしいなあ。はよ言わんかい」

「それはね、彼女は意外と優しい性格だってこと」

そんなことかい、と拍子抜けしたが、私も驚いたのは事実だ。想像していたよりもずっと、話の通じそうな娘ではあった。生前から気の強い性格ではあるのだろうが、少なくとも、むやみに他人に悪意を振りまくような人間には見えない。

「あおいもそう思わなかった？」

「まあ、思ってたよりは、な。神代の話も真剣に聞いてくれてたし。礼儀正しいところもあった」

「そうでしょ？　あの除霊師はともかく、不動産業者はカノンさんを攻撃しようとしたわけじゃなかった。そういう無抵抗の相手に対して、一方的に攻撃をするような子には思えないんだよね」

神代は先ほどのファイルをめくり、とあるページを見せてきた。

それは、家庭裁判所が実施した、美羽とカノンの相続人の捜索結果をまとめた資料だった。事前に聞いていたとおり、小清水美羽と小清水叶音には相続人がおらず、あの館も含めて、彼女らが持っている財産は、ほぼ全て国庫に帰属したらしいが……。

「預金の一部を、特別縁故者として譲り受けてる男がいる。素性は分からないけど、歳は小清水美羽さんに近いんだ。ほら、一個上」

相続人が一人もいない場合、被相続人と特に親交の深かった者がいれば、家庭裁判所の判断で相続財産を分与することがあると聞く。美羽の相続の際には、「三島雄太」という男が、二百万円分の預金を取得したらしい。

「誰やこいつ。家族でもないのに相続財産を分けてもらえるって、どんな関係だったんやろ？」

「この三島って人のことを、ちょっとだけ調べてみようと思ってるんだ。さっきの侵入者と関係があるかもしれない。カノンさんを切り崩す糸口になるかも」

「……遠回りすぎひん？　私はあんまりピンときてないんやけど」

「だからあおいを巻き込みたくなかったんだ。まだ個人的な違和感のレベルだから、気にしないで。何か分かったら報告するよ」

それだけ言うと、神代は鞄を手に取り、足早に事務所を後にした。

神代が出て行ったのを見届けると、社長が隣で大きな音を立てて緑茶を啜った。呑気にため息をついてから、「あっ」と何かを思い出した声を出す。

「そういえば、警官コンビに伝えたいことがあったんだ。神代くん、出て行っちゃったなあ」社長は入り口の扉の方に目をやった。

「伝えたいことって？」

「二人にはもう一件、別の物件を担当してほしいんだよね……どう？　いけそうかな？」

私と神代のペアは、現在、五軒の物件の交渉を並行して進めている。

普通の不動産業者には、私たちのように地縛霊と立退き交渉をしてくれる除霊師などいない。そのため、円満な明渡しを希望するオーナーは、さざなみ不動産の噂を聞きつけると、縋るように駆け込んでくるのだ。私と神代のコンビは、対外的にはさざなみ不動産のエースとして紹介されており、稼働率も社内で群を抜いて高い。

「しゃーないなあ。やったるわ」私はしぶしぶそう答えた。

たしかに、いま抱えている案件だけでも、かなりの業務量を強いられてはいる。とはいえ、一件増えるくらいなら大差はないだろう。何より、私の脳裏に神代の顔がチラついてしまった。

「よかった。神代くんにも今度聞いておくね」

「あいつの答えは聞くまでもないやろ」私は笑いながらそう言った。

「そうだね」と社長も同じように笑う。

神代が入社してから三年、彼が仕事を断るところはおろか、渋るような素振りすら見たことがない。張り切りすぎではないかと心配になることはあっても、あいつの仕事ぶりを物足りないと感じたことは一度もなかった。そんな神代の仕事への熱意を無視して、仕事を断るのは気が引ける。

「今度のはどんな内容なん？」

「普通の地縛霊案件だよ。都内の分譲マンションの立退き交渉。知り合いの不動産業者から紹介してもらったの。詳細は追って、二人が揃ってるときにでも」

「また厄介な案件、拾ってきたんちゃうやろな？」

「んーん、今度のは全然。その不動産業者が地縛霊絡みの物件に慣れてないから、ウチの力を借りたがってるだけ。幽霊屋敷の件に比べたら、相当楽だと思うよ」

社長はそうつぶやいてから、銀縁眼鏡のレンズを布で拭いて手入れしはじめる。

「それにしても、幽霊屋敷の少女は不思議な能力を持ってるねえ。あおい君と同じで、本人のもともとの特性が霊能力に反映されたパターンかな」

私の場合、霊能力が身に付いたのは小学生の頃だが、それ以前から耳だけはすこぶる良かった。

遠くの小さな音でも拾える地獄耳は、身体が成長するにつれて、霊の出す声や音をもキャッチするようになった。生まれつき音感がよく、聞こえた音を再現するのが得意だった私は、訓練により、自分の声や周囲の音を、直接他人に聴かせることができるようになった。

「声や音で相手を攻撃する霊はたまにいるけど、ここまで強力なのは初めて聞いたよ。生理的機能を狂わせるっていうけど、効果の種類や度合いは調節が可能なのかな？　声量と効果はどう関係してるんだろう？　やっぱり音が大きいとダメージも大きくなるの？　他の曲を歌っても効果があるのかな？　彼女の声を録音したものを聴いても同じ効果が生じる？……うーん、気になることばかりだよ。彼女に会える時がきたら、色々と調べさせてもらいたいねえ」

眼鏡のレンズを天井の電灯にかざしながら、社長はニヤリと口角を上げた。オタク特有の早口と、そのニヤケ面に、私は軽蔑の眼差しを浴びせる。

「そのツラ、ただの変態やで。まさか、あの館に侵入してる不審者って、あんたちゃうやろな？」

　私がそう尋ねると、ははは、と社長は豪快に笑った。

「そうしたいのはやまやまだけどさあ。君たちの交渉の邪魔になるようなことはしないよ。その少女には、この件が解決したらゆっくりご挨拶させてもらうさ」

　眼鏡の手入れが終わると、社長はまたオカルト雑誌をパラパラとめくりはじめた。

「最近、神代くんの様子はどう？」雑誌から目を離さずに尋ねてくる。

「調子良さそうやで。見てのとおり元気いっぱい仕事してはる」

「この地縛霊の子、母子家庭だったんだよね。唯一の肉親を失くして、行き場を失って彷徨ってる……。大丈夫かな、神代くん」

　社長が何を心配しているのか、私にもすぐにピンときた。

「神代くんに担当させるのは、ちょっと酷だったかな？」

「大丈夫やろ。あいつももうこの仕事始めて三年やで。公私はちゃんと割り切ってるはずや」

　そう言いつつ、私にも思うところはあった。これまで十件以上の交渉案件を神代と担当してきたが、この件は特に肩に力が入っている気がする。

「あんな細かい資料さ、普通、読み飛ばしちゃうよねえ。神代くん、きっと家でも読み込んでるんだと思う」先ほどの相続人調査の資料や、除霊師の報告書のことだろう。「張り切りすぎてないといいけど」

神代は、どの交渉案件においても、地縛霊側の事情に肩入れしすぎる傾向がある。私たちの顧客はあくまで不動産のオーナーだ。オーナーに最大限の利益をもたらすためには、ときに、地縛霊にとって酷な交渉をしなければならないこともある。

「大丈夫や。横で私が見てるから」自分に言い聞かせるように、私は言った。

「おお、頼もしいねえ。さすがは学生時代からの親友」

「そんなんちゃう。ただの大学の同級生や」

ふと、目を閉じてカノンの話に耳を傾ける、神代の横顔が頭をよぎった。

さらに私の脳裏に、全く同じ表情をした、学生時代の神代の姿が蘇る。

あの少女の話に耳を傾けながら、神代は何を想っていたのだろう。

＊

錠の回る微かな音が響き、扉が静かに開く。

電灯の点いていない真っ暗な玄関に、恐る恐る入ってくる人影があった。その男は靴を脱ぐと、慣れた様子で靴脱ぎ場に揃える。そして、すぐ近くにある廊下の電気のスイッチには目もくれず、真っ暗な廊下をスタスタと歩きはじめる……。

「こんばんはー。こんなとこで何してはるん？」

パッと廊下の電気が点灯し、男は一瞬、状況を理解できずに動きを止めた。しばらくして、素早く背後を振り返る。彼は、廊下脇の扉から出てくる私たちの存在に気づくと、リビングの方へ後ずさった。

私はパーカーのポケットに手を突っ込んだ体勢で、男を睨みつける。距離を詰めようとすると、彼はさらに後退して距離をとろうとした。

「ふらっと立ち寄った泥棒さん……って様子やないよなあ？　えらいこの館に慣れてはるやんか」

見たところ歳は三十代後半くらい、すらっとした長身の男だった。

「この家はウチら、さざなみ不動産が管理してる。弊社の許可なくこの館に立ち入るんは不法侵入や。ガッツリ犯罪やでー」

男は、私と神代の間で視線をさまよわせるばかりで、口を開こうとしない。

「ここの鍵は一年以上前に、今のオーナーが付け替えてる。鍵を持ってんのは弊社とオーナーだけや。どうやって合鍵作ったん？」

「協力者がいるんじゃないかな？」私の隣に立つ神代が、呑気な声を出した。「例えば、一日中ゆっくり時間をかけて、鍵穴の内部を観察できる人とかね」

神代はそう言うと、わざとらしくリビングの方へ目線をやる。

「霊の状態なら、物体をすり抜けられるから、錠の内部構造をくまなく観察できる。すごく時間がかかるだろうけど、内部のピンの状態をちゃんと人間に伝えることができれば、合鍵を作れるだけの情報は得られるかもね」

リビングへと続く扉をすり抜けて、カノンがすうっと姿を現した。私たちの姿を発見すると、不安そうな表情で男の方を見る。

「ああ、カノンさん。こんばんは」

神代が声をかけると、彼女は気まずそうに会釈を返した。男はこちらへ近づいてくるカノンの姿を目で追っている。

「あんたにもカノンちゃんが見えてるんやな？」

「か、カノンちゃん……この人たち、知り合いなのかい……？」

男は私の言葉を無視し、カノンに真剣な視線を送っていた。予想どおり、霊感の強い一般人のようだ。我々除霊師にとっては、最も厄介な存在といえる。

「ご事情は何となくお察ししてます」神代が、男に向かってにこやかに語りかける。「廊下で立ち話というのもなんですし、あちらのリビングの方でお話ししませんか」

男は神代の言葉にも反応せず、カノンの方を焦った表情で見つめていた。

「あんたさっきから、カノンちゃん助けてくれー、って顔してんな？」

図星だったのか、男はカノンから目を逸らす。

「言うとくけど、私らは凄腕の除霊師や。こないだもカノンちゃんからフルパワーの攻撃を受けたけど、このとおりピンピンしてる。今回ばかりは、追い払おうとしても無駄やで」

「……三島さん、この人の言ってることは本当です」カノンが申し訳なさそうに言った。

「この人たちは、私の力でも追い払えないと思います」

男の苗字が判明し、私と神代の目線が合った。三島――やっぱりそうか。

「僕たちは、カノンさんを除霊するつもりはありません」

神代が三島に向かって、落ち着いた様子で語りかける。

「しかし、あなた方が僕たちに危害を加えようとするのであれば、管理者としての権限、そして、除霊師としての能力を行使しなければならなくなる。あなたの不法侵入も、見過ごすことができなくなります。ですから、まずはゆっくりとお話をしませんか。あなたが抱えているご事情も、僕たちでよければお聞かせください」

三島は観念したのか、神代の誘導に従ってリビングへと移動した。

リビングの電気の点け方が分からず私が困っていると、三島は自然な手つきで、廊下側の壁にある電灯のスイッチを押した。やはりこの家に慣れている様子だ。

「すみません、座らせてもらいますね」

神代はカノンに断ってから、ダイニングテーブルのソファーに腰かけた。三島は神代から椅子を勧められ、その対面の席に座り、私も神代の右隣に腰を下ろした。カノンはソファーのあたりから、心細そうにこちらの様子をうかがっている。

「神代紘一と申します。この館のオーナーから管理と売却の委託を受けている、不動産業者の者です」

神代は座ったまま、三島に名刺を手渡した。先日カノンに見せたオリジナルの名刺ではなく、さざなみ不動産の社員としての名刺だ。

私は名刺を渡すことすらせず、「同じく、更科あおいや」とだけ付け加えた。

「あなたは……三島雄太さんで間違いないですね？」

三島は、神代の名刺をポロシャツの胸ポケットにしまいながら、「そうです」と淡白に答えた。

「どうして私の名前をご存じなんです？　カノンちゃんから？」

「いえ、たまたま資料で名前をお見かけしたもので。あなたは、カノンさんとはどのようなご関係で？」

「別に、カノンちゃんとは血のつながりはありません」三島は素っ気なく答える。

「生前から、美羽さんやカノンさんと親交が？」

「ええ……まあ……そうです。私は、美羽の婚約者ですので」

婚約者……。なるほど、そういうことか。私は一週間前にした、神代とのやり取りを思い出した。

一週間前、私は別件の出張帰りに、本社へと立ち寄った。調査の成果を共有したいと言って、神代から呼び出されたのだ。

毛羽立ったソファーの傍らに立つ神代は、満足そうな笑みを浮かべていた。

「何やねん、えらいご満悦やんけ」私はソファーに腰を下ろす。

「期待してなかったんだけど、僕の勘が的中したんだ」

「ほーん、それは珍しい。何が分かったん？」

「美羽さんには、事件の当時、交際していた男性がいたみたい」

神代の言葉に、私は「なるほどな」とうなずいた。

「あの館に男性が出入りしているところを、近隣住民が何度も目撃してる。美羽さんと二人とか、カノンさんも含めた三人で、館の近くをよく歩いてたらしい」

「どうやって調べたんや、そんな情報」

「金田さんって覚えてる？　あの……えっと……どう表現すればいいんだろう……頭がクールビズって感じの人」

私の脳裏に、春の陽光を反射する頭部が浮かぶ。私たちが初めてあの館を訪れた時に、車から降りて話しかけてきた男だ。

「ああ、あの禿げ頭の」

「あおい、今の時代、あんまりそういう言い方はさ。もう少しオブラートに包むとかあるでしょ」神代は眉をひそめた。

「お前の表現もどうかと思うで。オブラートから透けて見えてたやんけ。ほんで、あのオッサンがどうしたん？」

「この前、金田さんのお宅を訪問してきたんだ。あの辺りの治安とか、近隣の住民について質問するついでに、あの館に出入りしてた人がいなかったかも聞いてみた。そしたら予想どおり、美羽さんと交際してた男の話が出てきたんだよ」

神代がそこまでしているとは思わなかった。まるで警察の捜査ではないか。熱が入り過ぎているように思えて、私は少し心配になる。

「それが三島って男なんか？　相続の時に二百万円を譲り受けたっていう」

「たぶんね。強盗が入る半年前くらいから、ちょくちょくあの館に出入りしてたらしい」

「で、それがなんやねん。そいつが、あの館の立退き交渉と関係あるんか？」

「僕は、この人が例の侵入者なんじゃないかと思ってる」

「……ほんまに言うてる？　根拠はあるんか？」

「カノンさんのこれまでの行動には、この侵入者が関係してるんじゃないかって話、前にしたでしょう？　カノンさんが自分の意思で、解体業者や除霊師を攻撃して、あの家に居座ろうとするとは思えないんだ。この三島って男は、カノンさんと生前関係があって、この家のこともきっとよく知ってる。ちょっと怪しくない？」

「こいつが、死んだ元カノの家に通い詰めて、元カノの連れ子に指示して、あの家を守ってる……それがお前の推理かいな？」

「……あり得ないかな？　あおいは、僕の考えすぎだと思う？」

神代は自信なげに私の顔色をうかがった。張り切って色々調べてきたわりに、自分の仮説にはあまり自信がなかったらしい。「分からん」と私は正直な感想を口にした。

「どっちにしろ、侵入者がおるんやったら見過ごせへんな。監視カメラでも設置してみるか？」

「監視カメラじゃ、現場を取り押さえられないでしょ。映像からそいつの顔は判明しても、それが誰なのかを突き止める手段がない。それじゃ意味がないよ」

「ほな、どうすんねん」

「考えたんだけど、張り込みをしようと思う」

はあ？　と思わず甲高い声が出てしまう。

「館に侵入した現場を押さえるには、その瞬間が来るまで張り込むしかないと思うんだよねー」

神代はさらりとそんな説明をする。私は小さくため息をついた。

「お前、ほんまにアホなんちゃう？　それか、やっぱりストーキング願望があんのか、どっちや？」

「そんな願望ないよ。業務だってば。あくまで仕事のため」

「張り込みなんかどうやってすんねん。あの家の近くに、毎日ずーっと立っとくつもりなんか？　他の案件はどうすんねん。お前も私も、そんなに暇ちゃうやろ」

「毎日はやらないよ。とりあえず次の日曜日の深夜だけ。この前、僕たちがあの家に行ったのは月曜日のお昼だったでしょう？　シンクの乾き具合からして、前日の深夜に侵入されたんじゃないかと思うんだ。だから、日曜日が一番確率高いかなーって」

平然と話す神代を見て、私は呆（あき）れた声を出す。

「お前はどうして、そんなにこの件にこだわるんや？」

「カノンさんはまだ高校生だから」

神代は真剣な顔で即答した。私が首をかしげたのを見て、言葉を付け足してくれる。

「人は霊になったら、突然の状況の変化に混乱して、正常な判断ができなくなる。大人でもそうなるのが普通なのに、あれくらいの年齢の子に、物事の善（よ）し悪（あ）しをきちんと判断する余裕があるとは思えないよ。そんな状態のカノンさんに、もし悪い影響を与えてる大人がいるんだとしたら、それは阻止しないといけない」

神代の穏やかな瞳の奥には、たしかな決意の色がうかがえた。言っていることは正しいように思える。私はしばらく考え込んだ末に、結論を出した。

「……ほな、私も一緒に張り込むわ」

「え、僕だけで大丈夫だよ？」神代は顔の前で手を振った。「あおいまで付き合わせるのは、さすがに申し訳ない。僕が個人的にやりたいだけだし」

「私がおれば、小さい物音も拾えるやん。それに、少しなら、私たちの物音を外に逃がして、周囲に気づかれにくくすることもできる。状況によっては、カノンちゃんにバレずに家の中に入ることもできるかもしれへん」

「家の中で待ち伏せ、か……それができるに越したことはないけど……」

それから数回の作戦会議を経て、私と神代は、日曜日の深夜にこの館に忍び込み、不審者の侵入を待つことにしたのだった。

「三島さん、どんな人なんだろうね」この館に忍び込む直前、神代は笑みを浮かべていた。

「会うのが楽しみだなあ」

「ロクでもない奴やろ、どうせ」

私は吐き捨てるようにそう答えた。


私は、目の前に座っている三島の様子を観察する。

ピッチリとワックスで固めたセンター分けの髪と、目鼻がくっきりとした彫りの深い顔立ち。世間的には男前と言われる部類だろう。歳のわりに声や見た目が若く、自分に自信を持っているタイプに見えた。

「三島さんは、霊感がお強いんですね。カノンさんと普通に会話ができるなんて」

「え、さあ、どうでしょうか。自分では分かりませんけど」

距離感を摑みかねているのか、三島は神代と目を合わせようとしない。

「カノンちゃんの姿って、誰にでも見えるんじゃないんですか？　声だって、噂では近隣住民に聞こえてるって話だし」

「それは、カノンさんが攻撃する意図をもって歌っているからですよ。霊っていうのは、感情の塊みたいなものですから。強い感情のこもった言動は、霊感の低い人にも認識されやすいんです」

「ふうん」と三島は興味なげにつぶやいた。「そういうものですか。私はこういうのは詳しくないんで」

「霊から攻撃を受けてしまう人は結構いますが、霊とこういう日常会話ができる方って、意外と少ないんです。三島さん、除霊師の素質がありますよ」

　関心のある話題ではなかったのか、三島は無言で小さくうなずくだけだった。

「正直、私には霊とかそういう……怪奇現象の類はよく分からないんですよ。カノンちゃんがこういう状態で生きてるって知ったのも、本当に偶然なので。ある時、この家の前を通りかかったら、カノンちゃんの歌声が聞こえてきて……それで、家の中を確認してみたくて、その……」

「敷地内に入ったんやな？」言いづらそうにする三島を見かねて、私は言葉を継ぎ足す。

「……はい。窓から家の中を覗こうと思ったら、この状態のカノンちゃんが突然現れて。

彼女が壁をすり抜けて現れたときは、本当にびっくりしました」

「それで、鍵作りに協力させた、ってわけか。その合鍵を作ったんは誰や？」

「知り合いに、そういうのに詳しい奴がいまして……」

「女子高生を犯罪行為に加担させるなんて、大人として恥ずかしくないんか？」

それは、とカノンが口を挟んだ。

「私のせいなんです。三島さんは私を心配して、こんなことを……誰も頼れる人がいなくて、話し相手もいなくて、心細かったので……」

「カノンちゃんはこういう状態なので、この館の外に出したら騒ぎになってしまうと思いました。それで、私がこの家の中に入って、室内で会話をするようになったんです……」

納得できるようなできないような、微妙に胡散臭い説明だ。

「美羽さんとは婚約されていたんですよね？　いつごろ結婚される予定だったんですか」

「具体的には決めていませんでした。カノンちゃんは音大受験の準備で忙しくしていたし、もう少し先にしようって話はしていましたが……あんなことになるなら、早く籍を入れておけばよかった。いくら交際をしていたとはいえ、結婚していなければ部外者も同然です」

三島は思いを馳せるように、天井のあたりを見つめている。

「美羽とカノンが大切にしていたこの家も、私の方で引き取ることはできませんでした。もちろん美羽は遺書も遺していませんでしたし。結局この建物と土地は、国に取られてしまいました」

「取られたって……それはしゃーないやろ。そういう法律なんやから」

三島は、何か言いたげな様子で私の方をちらと見たが、すぐに視線を逸らした。

「三島さんは、こちらの家には頻繁に？」神代が空気を変えるために話題を変えた。

「美羽が生きていた頃は、週に一回くらいは来てましたけどね……カノンから聞きましたよ。この家、取り壊す予定なんですよね？」

「その予定です。ご存じのとおり、解体業者は何度もカノンさんに撃退されてしまったらしいですけどね。まあ、お二人も、この家を守ろうと必死だったんだとは思いますが」

神代は三島に向かって微笑みを向けた。

その言葉の裏側には、作業員や除霊師の撃退劇に、三島が裏で絡んでいたという言質を取ろうとする意図が見える。

「カノンちゃんはきっと、皆さんがこの家を取り壊そうとしてるのが、許せなかったんだと思います」

三島は表情ひとつ変えずに言った。自分が関与していたことについて、はっきりとは認めないという態度だ。

「私にとってこの家は、そこまで思い入れのある場所ではありません。美羽とカノンちゃんに会うために、時おり遊びにきていた程度です。しかし、彼女らにとっては違う。この家は二人が毎日を過ごした、大切な場所なんです。替えは利きません」

三島は語気を強めて、神代の目をまっすぐに見据える。カノンは気まずそうに三島の傍らで目を伏せていた。

「私がこうして、非常識な形でカノンちゃんに会いに来ていたことについては、責任を取れというなら取ります。ただ、カノンちゃんがこの家を追い出されるというのは、どうしても納得がいきません。続柄上は他人ですが、私は彼女のことを娘同然に想っています。カノンちゃんがこうして、奇跡的にこの世に存在してると分かったときは、本当に嬉しかった……正直なところ、皆さんが、母親をあんな形で失ったカノンちゃんから、慣れ親しんだ家を奪おうとしていること自体、違和感を覚えます」

「あんたなあ、自分の立場分かって……」

三島に詰め寄ろうとした私を、神代が「まあまあ」となだめた。

「僕たちはこれから、円満にこの家を退去していただけるよう、カノンさんとお話をしようと思っているんです。除霊師という肩書きではありますが、基本的に除霊は行いません。

交渉人みたいなものだと思ってください。この家のオーナーと地縛霊との間を取り持つ、窓口的な立場です」

三島の挑発的な態度に動じることなく、神代はあくまで紳士的に説明をした。

「三島さんの言うとおり、今すぐ出て行けと言われたら、カノンさんも困ってしまうでしょう。ですから、この家から退去していただいた後の生活についても含めて、彼女と一緒に話し合っていけたらと考えています」

「この家を……」ずっと黙っていたカノンがおずおずと口を開いた。「この家を出て行くことになったら、私はどうやって過ごせばいいんでしょうか」

不満を口にしたわけではなく、純粋に気にかかっている様子だった。

「追って詳しくご説明する予定でしたが……実は弊社から、ご提案したいことがあるんです。弊社は霊の事情にはすごく詳しいですから。カノンさんの今後の生活について、出来る限りのサポートをさせていただくつもりです。僕たちは、そうやってカノンさんの不安を取り除いたうえで、お互い納得のいく形で、この件を解決したいと思っています」

その説明を聞いて、それまで不安に満ちていたカノンの表情が、少し和らいだように見えた。しかし、そんな様子が見られたのは一瞬だった。彼女は隣の三島の顔を気まずそうにうかがった後、すぐにまた目を伏せてしまう。

「次から、カノンさんに会いたいときは僕に連絡してください。オーナーに相談して、この家に入れてあげられるよう、検討しますから」

「本当ですか。ありがとうございます」

そう言って三島は神代に頭を下げた。彼に倣って、カノンもぎこちなくお辞儀をする。

──おい、神代！　何を勝手なこと言うてんねん！

霊信を送るが、神代はそれを無視して三島に笑いかける。

「いえいえ、当然そうすべきだと思いましたので。カノンさんにとって、あなたが父親のように大切な人なのであれば、ね」

──オーナーにどう説明すんねん！　会社にもや！　こいつは不法侵入してんねんぞ！

神代は静かにうなずき、微笑を浮かべる。

「この件の主任は僕だよ、あおい。何かあったら僕が責任をとる」

神代の目の奥は真剣に光っていた。

＊

三島から合鍵を没収し、カノンを残して、三人で館を後にする。時刻は午前二時過ぎ。

辺りに人気は全くなく、静かに眠っている住宅地に、私たちが並んで歩く足音だけがこだましていた。

「三島さん、お住まいはどちらなんですか？」

神代に尋ねられ、三島は「渋谷のあたりです」と答えた。先ほどまでに比べると、その表情からは緊張感が薄れている。

「その家には、お一人で？」

「ええ、まあ、そうです。独り身ですので」

「それなら、三島さんのお宅に、カノンさんを住まわせてあげてはいかがですか？　あの館にこだわるのではなく」

神代の声のトーンが一段落ちる。

「カノンさんは高校生です。幽霊だから衣食住には困らないとはいえ、保護者のもとで暮らすに越したことはない。三島さんの家で生活できるとなれば、彼女の不安も和らぐでしょう。少なくとも、あの館に居座って除霊されてしまうより、よっぽどマシだと思いますが」

三島は突然の提案に面食らったのか、一瞬言葉を詰まらせた。

「なるほど……でも、それはどうでしょうね。幽霊と人間で共同生活となると、色々と不便がありそうだけど」

「幽霊はご飯も食べず、睡眠もとりません。家の中でふわふわ浮いているだけの存在ですから、あなたの生活にそれほど影響はないと思います。それに、きちんと配慮をすれば、近隣住民にバレるリスクもないと思いますよ。カノンさんを家から出さないようにすればいいだけですから」

「そもそも、どうやって僕の家まで連れて行くんです？　あの状態のカノンちゃんを連れて歩いたら、騒ぎになるでしょう」

「そこは弊社が協力しますよ」神代は食い気味に言った。「詳細は企業秘密ですが、霊を誰にも見られず安全に送り届ける方法があります。三島さんのお宅までの、カノンさんの身の安全は保証します」

「まあ、カノンちゃんと話してみますよ」

軽く受け流そうとした三島を、神代は逃さなかった。

「僕からカノンさんに伝えておきましょうか？」

「いえ、今度、私から話してみます」釘を刺すような口調だった。「その方がカノンちゃんも安心すると思うので」

神代はそれ以上追及せず、私たちはしばらく無言で歩いた。

大通りに出ると、三島はタクシーを拾って帰っていった。残された私と神代は、電灯の灯った人通りのない道を、とりあえず駅に向かって歩く。

「ごめんね、勝手にあんなこと言っちゃって」神代は手を合わせて、私に謝罪した。「社長とオーナーには、僕からうまく説明しておくから」

何のことかはすぐに分かった。

「あんな約束したらあかんのちゃう？　カノンちゃんに会いたきゃ言ってくれ、なんてそんなんオーナーが許すわけないやん」

「一応、言い方には気をつけたよ。僕は約束まではしてない。この家に入れるよう検討するって言っただけ。三島さんが僕に連絡してきても、やっぱりオーナーに反対されたとか、適当な理由を言って断るつもり。三島さんに寄り添ってあげてるように見せるための、ただのポーズだよ」

交渉としてギリギリのラインだとは思うが、たしかに筋は通っている。三島を懐柔できれば、あの館の明渡しに大きく近づけるのはたしかだ。

「あとさ、ああいうのは、私がやるからええで」

私が言うと、神代はきょとんとした顔でこちらを見下ろした。

「さっき、カマかけとったやろ？　三島がどんな男なのか見極めるために」

「んー、そうだね。あの人の目的も知りたかったからさ」

神代はさらりと言う。自宅に住まわせてあげてはどうか、と穏やかに三島を追い詰める神代を思い出す。ああいう貫禄(かんろく)ある交渉もできるのだな、と私は神代の意外な引き出しに感心していた。

「汚れ役は、悪い警官に任してくれてもええで。根が優しいお前にやらせんのは、なんか心が痛いわ」

「でも、あおいだって本当は優しい人なのに、いつもヒールをやってくれてるじゃない」

「はあ？　私に優しい要素なんてあるか？」

「あおいは根っこでは、正義感が強くて、温かい心を持ってる人だよ。僕は知ってる」

神代は恥ずかしげもなく、そんなことを口にした。

「ねえ、あおいはどう思った？」神代は純粋な目で聞いてきた。「三島さんのカノンさんへの愛情は本物かな？」

「いや、どう見ても胡散臭(うさんくさ)いやろ」私は即答する。「一緒に住むのすら渋っとったし。あと個人的に、顔とか表情とか立ち振る舞いとか、全てがいけ好かんわ」

「あおいの嫌いそうなタイプだよね。会った瞬間に思ったよ。今日だって、あおいが殴りかかるんじゃないかって、隣でヒヤヒヤしてたんだから」神代はヘラヘラと笑った。「そういえば、大学時代に、あおいが言い寄られてボコボコにした男に似てるよね」

「……やめろや。一応これでも丸くなってんねん。今はその辺はわきまえてるわ」一度、三島に詰め寄ろうとしたことは黙っておくことにした。

「僕も彼のことは信用してない。解体業者や除霊師を攻撃した件に、裏で関わってるのは間違いないし」

「あいつ、カノンちゃんのこと、あんまし好きじゃなさそうなわりに、やたらと彼女をあの家にいさせたがるやん？　何が目的なんやろ？」

「分かんないね。カノンさんを心配してるというより、あの家を取り壊されたくないだけって感じに見えたけど」

「そんなん、もっと胡散臭いやんけ。やっぱ不法侵入で警察に突き出しとくか？」

「それもアリだけど……それでカノンさんに不信感を持たれたら嫌じゃない？　本当に三島さんとカノンさんの間に何らかの絆（きずな）があった場合に、それが引き金になって、交渉が決裂しかねない」

「カノンちゃんの方は、三島のこと、どう思ってるんやろな」

「あの気まずそうな空気を見たでしょう？　父親同然の大切な人……って思ってると思

う？」

私は肯定する代わりに、ふん、と皮肉を込めて笑った。

# 第二章　少女の事情

　スマートフォンで動画を再生していると、社長が「何、その曲？」と給湯室から顔だけを出してきた。

「『夜の女王のアリア』っていう曲らしいねん」目線はスマホの画面に向けたまま答える。

「モーツァルトが作ったオペラの曲なんやって」

「ふうん。キーがすごく高くて、迫力のある曲だねえ」

　社長とのやり取りに反応して、窓の外を眺めていた神代もこちらを振り返った。

「それってもしかして、カノンさんが歌ってた曲？」

「うん。曲名がずっと気になってたんやけど、動画サイトで調べてたら偶然見つけてな」

　私はネットの記事を見ながら説明する。「『魔笛』っていうオペラの中で歌われるアリアらしいわ。ソプラノの中でも特に高音域で、技巧も要求されるのが特徴的、やってさ」

「カノンさんの歌は、この動画の人より上手かった？」

「さあ、どうやろ。私は音感はいいけど、歌の良し悪しは分からんからなあ」

カノンの歌は明らかに素人の域を超えていた。教室か何かで本格的に訓練していたとしか思えない。三島は音大受験という話もしていたし、生前カノンは音楽に力を入れていたのかもしれない。

「そういえばその後、あの三島って人から連絡はあったの？」

社長は湯気の立つ湯飲みを片手に部屋へ戻ってくると、ソファーに腰をおろした。

「いえ、特にありません。今後も連絡はしてこないんじゃないですかね。彼は僕たちを警戒してると思います」

「あいつの目的は分からんままやな」

「あっ、三島さんで思い出した」突然神代が声を上げる。「社長、実は一つお願いがあるんですけど」

「お願い？　なあに？」

「この件で、リサーチしたいことがあるんです。可能であれば、間宮さんのお力をお借りできないかと思いまして」

間宮さんは社長専属の秘書だ。普段は社長の依頼を受けて、物件などの調査を担当することが多い。

「ふんふん、陽介にね。分かった。今日はここに来る予定だから、直接相談してごらん」

「ありがとうございます」

社長の目線が、事務机の上に置かれた、写真立ての方へ向けられたのが分かった。

大学のキャンパスらしき建物をバックに、まだ若さを残した社長と、強面の体格の良い男性——間宮さんが肩を組んでいる。肩を寄せようとする社長に対して、間宮さんは少し引き気味だ。

写真立てのすぐ隣には、革張りのベルトをあしらった腕時計が置かれていた。電池が切れているのか、針は動いておらず、十一時ごろの時刻を指したまま止まっている。

間宮さんと社長は学生時代からの親友らしい。このさざなみ不動産という会社自体、社長と間宮さんの二人でアイディアを出して起業したと聞いたことがある。いつか、酒に酔った社長が間宮さんとの想い出話をしてくれたことがあった。

社長と間宮さんの過去に想いを馳せていたそのとき、私の鼓膜が不穏な息遣いを捉えた。

「……近づいてるな」

この雑居ビルの一階あたりで、霊気を纏った何かがうごめいている。そいつはゆっくりと上昇し、ビルの壁や天井をすり抜けて、私たちのいる三階へと近づいていた。

――このビルの下に霊がおる。すごいスピードで上がってきてるで。気いつけや。

社長と神代に霊信を送ると、二人は表情を強張らせて、同時にうなずいた。

身構えていた私たちの前に、その霊は堂々と現れた。私と社長が並んで座っているソファーの目の前、ローテーブルの近くの床から、男性の顔がにゅっと飛び出してきたのだ。

男は眉間に皺を寄せ、私のことを恐ろしい形相で睨んでいる。殺気立った様子で威嚇してくるので、こちらもぎっと睨み返した。私が立ち上がって攻撃の構えをとると、彼は危険を察知してまた床下へと潜っていった。

私は目を閉じて、聴覚を集中させる。霊はこの階の下、二階の天井辺りをすごい速さで通過していた。霊が浮遊して移動する速度は、最大で時速二十キロメートルにも及ぶ。この霊も例外ではなく、あっという間に窓際のあたりまで移動してきた。

突如、男の顔が、神代の近くの床から突き出してくる。

――神代、そっちに行ったで！　お前の左や！

神代は私の霊信を聞いてもなお、全く動じなかった。神代を睨んで威嚇する霊の隣で、冷静な微笑みをたたえている。

やがて頭だけでなく、胴体から足の先までが床を通過し、霊の全身が見えるようになった。作業着を身に着けた、身長百八十センチくらいの細身の男だ。

その霊は全身に強い怨恨をまとい、明らかに暴走状態に陥っていた。こうなってしまった霊とはもう、対話のしようがない。

「こんにちは。お茶も出せずに、失礼いたしました」

霊は神代の呑気な態度にやや混乱し、動きをとめた。

「除霊師の神代と申します。神の代理人と書いて、神代です。あなたは地縛霊ではなく、自由に場所を移動し、他人を攻撃してまわるタイプの霊のようですね。ここに充満する霊気に誘われて、遊びにやってきたといったところでしょうか」

私は神代が霊の相手をしている間に、攻撃の準備を始めていた。人差し指と中指、そして親指だけを立ててピストルの形を作り、その銃口を霊に向ける。

「そいつはもう悪霊になってもうてる！　私たちの声は通じひん！」私は神代に向かって叫んだ。「適当に攻撃して追い払うで！」

私は聴覚を研ぎ澄まし、周囲の音を手の中に拾い集めた。そうやって凝縮された音の塊を、指先の一点に込め、そして、放つ！

次の瞬間、男の霊は何かをぶつけられたかのように、後ろに大きくのけぞった。驚いた様子で、頭を押さえながらふらついている。

「お、撃たれたフリしてくれたん？　もしかしてあんた関西人か？」

私は霊に向かって挑発的な笑みを向ける。

「それとも、私のチンケな〝雑音砲〟でやられてまうくらい、ザッコい悪霊さんやったんかな？」

霊は一度私の方を睨み返してから、また床下へと潜っていった。

撤退したように見えるが、油断は禁物だ。私はもう一度耳を澄まして、霊の行方を探る。

霊は少しの間このビルの中をさまよっていたが、突然何かから逃げるようにこのビルから去っていった。

「びっくりしたあ。私が首をかしげていると、社長が後ろから話しかけてきた。

「びっくりしたあ。本社に霊が来るなんて、久しぶりだねえ」

「あおい、霊はビルから逃げていった？」

神代に尋ねられ、私はきょとんとしたままうなずく。

「突然、一目散に逃げていきよったで。なんでやろな」

「あいつのせいかもね」

社長はいたずらっぽく笑いながら、部屋の入り口の方を指さした。

入り口近くに、ハンチングを被った、大柄の初老の男性が立っていた。鋭い眼光に、綺麗に通った鼻筋、そして、少しエラの張った男らしい輪郭。社長の秘書を務める、間宮陽介さんだ。

「陽介、遅かったじゃないかあ」

社長がそう言うと、間宮さんは相変わらずのバリトンボイスで「悪い」と答えた。

「思ったより調査に時間がかかった。ちょっとしたハプニングがあってな」

「もしかして間宮さん、来る途中で霊と会いませんでした？」

神代が尋ねると、間宮さんは「ああ」と一言こぼした。

「さっきのひょろっとした男のことか？　話しかけようとしたら、逃げて行っちまった」

「それはさ、陽介の顔面が怖いからでしょう」社長が無邪気に茶化す。

「こんな姿になっても、まだこのツラで怯えられるなんて、悲しいもんだな。同じ幽霊同士、仲良くした方が絶対に良いと思うが……」

自分の半透明の体をまじまじと見ながら、そう話す。

間宮さんは、十年以上前に交通事故で死亡して蘇った、幽霊だ。社長秘書という肩書きが一応ついているが、生者でない以上、正式な社員ではない。

「例の四か所、調べてきたが、まあどれも悪くない物件だ」

間宮さんは社長に向かって説明する。

「ただ、そのうちの一軒に、先着の地縛霊が棲みついてる。その関係で時間を食っちまった。あそこはもう候補から外さないとな」

「うん、分かった。あとで詳しく聞かせて」

間宮さんは、霊の体を活かして、主に隠密の調査を行う。地縛霊に関する情報や、物件の隠れた瑕疵情報など、人間には知ることが難しい情報も入手してきてくれる。

「それと、例の分譲マンションの件、引っ越し経路を確認してきた」

私と神代が先週から担当しはじめた、新しい案件の話だ。地縛霊が棲みついてしまっている、都内の分譲マンションの立退き交渉。

「問題ナシ、だ。今すぐにでも引っ越し作業ができる」

間宮さんの淡々とした報告を聞いて、うんうん、と社長が満足そうにうなずいた。

「ついでに棲みついてる地縛霊も見てきたが、神代たちの情報どおり、大人しいもんだった」

霊といっても、もともとは人間なので、その性格は様々だ。穏やかな霊とは交渉もスムーズに進み、早ければ最初の接触から数日間で、明渡し日の調整まで持っていける。この分譲マンションの件はそのパターンで、我々が初めて部屋を訪れてから、およそ一週間で和解が成立した。

カノンの件もそうあってほしかったが、今のところ交渉は難航している。特に三島という男が絡んでいるうちは、話し合いを前に進めることは難しいだろう。

「全部の案件がこれくらい楽やったらええのになあ」私は思わず、そんなことを口にした。

「えー、それじゃつまんないよお」

ごちゃごちゃした案件を好む社長は、そう言って呑気に笑っていた。

「明渡し日は来週だったな？」間宮さんが神代に確認する。

「はい、当日は僕とあおいが立ち会います。今回もご協力をお願いします」

霊の引っ越し作業には、間宮さんの協力が不可欠だ。彼の助けがなければ、霊を安全に転居先へと移動させることができない。

「そういえば神代くん、陽介に頼みたいことがあるんでしょう？」

社長に促され、神代もそのことを思い出したようだ。

「あ、はい、そうなんです。実は、今あおいと担当してる案件で……」

調査をお願いしたい内容を説明すると、間宮さんは真剣な表情でうなずいた。

「なるほど。手掛かりがほとんどないから、難易度は高いな……最終的には、警察の資料なんかを調べる必要が出てくるかもしれないし……それなりにリスクも伴う……」

間宮さんは顎に手を当てて考え込んでいたが、やがて顔を上げた。

「ただ、他ならぬ神代の頼みだ。断るなんて選択肢はない。何か方法がないか考えてみるさ」

「本当ですか！　ありがとうございます！」

神代は嬉しそうに頭を下げる。間宮さんは「当たり前だ」と力強く言った。

「俺はお前たち二人に感謝してるんだ。この会社を今の形にすることができたのは、お前たちのおかげだ。こいつの理想を実現するための、大きな一歩を踏み出せたと思ってる」

そう言って間宮さんは、隣に立つ小波社長を指さす。親友の言葉を聞いた社長は、丸眼鏡のつるをくいと上げ、照れ臭そうに微笑んでいた。

間宮さんの真剣な視線が、私たち二人に向けられる。

「俺は、霊を人間と同じように扱う世界が、いつか訪れてほしいと願ってる。お前ら二人がいつも交渉してる、地縛霊たちも含めて、な」

間宮さんは感慨を込めてそう言うと、ふっと目線を外した。

その目線の先には、社長と間宮さんが肩を組んで写っている、あの写真立てと腕時計があった。

＊

神代は、芝がまばらに剝げ落ち、むき出しになった地面に屈みこんだ。

「僕もいつか、庭付きの家に住んでみたいなあ」

広大な庭をぼんやり眺めながら、呑気につぶやく。私はそんな神代を見下ろして、「ほんまに言うてる？」と気の抜けた相槌を返した。

「ウチの実家は小っちゃい庭あったけど、そんなにええもんやなかったで。手入れが面倒になって、雑草伸び放題になるのがオチや」

「いいや、僕は大丈夫。手入れを怠らない自信がある」

目の奥を輝かせてこちらを見上げる神代に、私はうんざりしてため息をつく。

「庭ってそんなにええもんか？　そもそも庭ってさ、自分の所有してるスペースやのに、外に開放されてんのが意味わからんねん。壁も天井もないねんで？　そんなん、家ちゃうやん。家の真隣にある小っちゃい公園やん。どうやって愛着持てっちゅうねん」

「庭ってそういうもんでしょう。せっかくの庭なのに、壁と天井で塞いでどうするの」

「野良猫がクソしていったりすんねんで？　カラスもよう来てたわ」

「猫もカラスも可愛いじゃない。僕は小さい頃からアパート暮らしだったからさ。こういう家にはほんと憧れるよ」

「たしかにお前、大学時代の下宿も狭かったもんなあ。ほんなら、バリバリ働いて一軒家でも買うたらよろしいやん」

「そうしたいのはやまやまだけどさ。ウチの給料じゃ何十年先になるか……」

気づくと、カノンが玄関扉をすり抜けて頭だけを出し、私たちの様子をうかがっていた。複雑そうな表情でこちらを見つめている。

「ああ、すみません」そう言って神代は、傍らのビジネスバッグを持って立ち上がる。

「いまちょうど、インターホンを鳴らそうと思ってたところで」

「本当にまた来たんですね。ここを出てく気はないって言ってるのに」

「三島さんと一緒にお話しして以来ですね。あれから……」

会話を始めようとする神代の横腹を、私はつついた。そして、玄関扉を貫通して上半身だけ飛び出しているカノンに霊信を送る。

――中で話そうや。ここやと周りに聞かれるかもしれへん。

カノンはハッとして頭上を仰いだ。霊信の音声は、相手の脳内に直接送信される。この能力のことを知らなければ、空から声が降ってきたと勘違いしてもおかしくない。私は玄関を指差し、室内へ戻るよう無言でカノンに合図をした。

彼女が家に引っ込んだのを見て、私たちは石畳を歩いて玄関へ向かう。神代が扉を開錠して室内に入ると、すぐにカノンが不思議そうな顔で尋ねてきた。

「さ、さっきのは一体……？　急に頭の中に声が聞こえたんですけど……？」

「びっくりさせてすまんな。あれ、私の能力やねん」

「あ、やっぱりあおいさんだったんですか。たしかにコテコテの関西弁でした」

「まあ、テレパシーみたいなもんや。気にせんといてー」

私はあまり他人に自分の力を明かさないようにしている。神代はそれを知っているため、会話に交じってはこなかった。

「すみません、突然お邪魔して。お元気そうで何よりです」

神代が爽やかに笑いかけると、カノンは気まずそうに目を逸らした。

「あの、せっかく来てくれたのに申し訳ないんですけど、あんまりお二人と仲良くするなって言われてて……」

誰からとは言わなかったが、三島のことを指しているのは明らかだった。なるほど、と神代は苦笑いを浮かべる。

「あれから、三島さんはいらっしゃってませんか？」

「先週、深夜に一度だけ来ましたけど、それ以来は……。あ、来たといっても、中には入ってませんよ？　そこの門のところで少し、立ち話をしただけです。合鍵をお二人に渡してしまって、この家の敷地にはもう入れなくなったので」

カノンは私たちをリビングの方へ案内してくれた。彼女の表情からして、前回訪れたときよりは緊張がほぐれているようだ。

神代は一礼してからダイニングテーブルにつき、ビジネスバッグを床に置く。私は神代の隣の席に腰を下ろし、カノンも何となく、神代の対面のあたりにふわふわと浮遊して移動してきた。

「実はさっき、こういう家に住んでみたい、って話をしてたんですよ」

「まあ、たしかに無駄に大きい家ですよね」広々としたリビングとダイニングを軽く一周見回す。「二人で住むには広すぎたのかも」

「スペースが贅沢に使えて良いじゃないですか。この家には、長く住んでいらっしゃるんですか？」

「そうですね。物心ついた時からずっとこの家です。その頃はまだパ……父親がいましたけど」

少し言葉に詰まったが、パパ、と言いかけたのかもしれない。カノンの父親である小清水誠二は、カノンが小学生の頃には病死している。

「そういえば、そのワンピース。よっぽどお気に入りなんですね」

カノンは神代に指摘され、え、と自分が身につけている水色のワンピースを確認した。

「カノンさん、いつもそのワンピースを着てらっしゃるので」

「あ、これは私が自分で選んでるわけじゃなくて。霊になった時からずっとこの服なんです。脱いだり着替えたりもできないし……どうしてこの服なんでしょうか……？」

「それな、たぶんその服に思い入れがあるからやで」

「思い入れ、ですか」カノンは腑に落ちない様子で、頬に手を当てた。

「霊の姿には、その時の感情が強く反映されるんや。顔とか体型は生前と同じになるけど、服装とか持ち物とかは、心理状態によって微妙に変わってくんねん」

「見た目の年齢もまちまちなんですよ。必ずしも、亡くなったときの年齢のまま蘇るわけではありません」と神代が補足する。「人によっては、老衰で死んだはずなのに、青年の姿で霊になったりする例もあるんです」

へえ、とカノンは感心した声を上げる。

「霊は感情が反映されやすいので、人間よりも人間らしく感じるときすらあります。カノンさんはそのワンピースに、強い思い入れを持っているんじゃありませんか？」

「これ、実はマ……母のお下がりなんです」ママと言いかけたようだったが、すぐに訂正した。「たしかに、このワンピースはけっこう気に入ってて、よく着てました。思い入れも、うーん……あるといえばあるのかもしれません」

「色が良いですよね。ハッキリしすぎない大人っぽい色味というか」

私も同感だった。水色とも灰色ともとれる曖昧で素朴な色が、儚げなカノンの雰囲気に似合っている。

「はい。なんか、母の好きそうな服って感じです」

カノンは体をねじって、ワンピースの前や後ろを確認する。カノンが動くたび、くるぶしの少し上あたりで、ワンピースの裾が控えめにふわりと揺れた。

「お母さんは――美羽さんはこういう、落ち着いた服装がお好きだったんですか？」

「はい、あの人は派手な色やデザインが嫌いだったから。母とは喧嘩が多かったけど……服のセンスはけっこう好きでした」

「お母さんとはあんまり仲良くなかったん？　長いこと二人で暮らしてたんやろ？」

「さあ、どうでしょう。あの人は、まあ、優しいところもあったけど、神経質というか、ちょっと口うるさいというか……。それにあの人、すごく体が弱くて、遊びに連れて行ってくれたことなんかほとんどないし。私が学校を休んで看病をすることもよくありました。その度に、どうして私の家だけこうなんだろう、って思ってました」

普段から溜め込んでいた感情なのだろう。カノンの口からはすらすらと言葉が溢れ出た。神代は目をつむって、カノンの言葉を一つ一つ丁寧に聞き取ろうとしている。

「楽しい想い出もあるけど、大変だった想い出の方が多い気がします。好きなところより、苦手なところの方がすぐに思い浮かぶし……」

カノンはそう言ったきり、何かに思いを馳せるようにして黙ってしまった。

「そういう気持ち、分かる気がします」

神代はテーブルの一点を神妙な顔で見つめていた。

「親子って、血が繋がってるからといって、ずっと仲良しってわけじゃないですよね。プレッシャーが鬱陶しかったり、子どもっぽいところにうんざりしたり」

カノンは小さくうなずいた。神代と母親の関係性を知っている私も、静かに彼の話に耳を傾ける。

「僕も、母親との関係が上手くいってない時期がありました。お互い想い合ってるはずなのに、どうしてもすれ違いが生まれてしまって……難しいですよね、親子の関係って」

少しの間、リビングに沈黙が流れる。空気を変えようと思ったのか、神代は突然「そうだ」と立ち上がった。

「せっかく素敵なお家なので、中を少し見て回ってもいいですか？」

「え、まあ、それは構いませんけど……」

たしかにカノンが棲みつくようになってから、この家にはほとんど誰も立ち入ることができていない。さざなみ不動産としても、今後のために、室内の現況は確認しておく必要があるだろう。

「でも、しばらく掃除してないから、どの部屋もホコリまみれで汚いですよ？」

「そうですよね！　そう思って、実はちょうどですね……」

神代は鞄に手を突っ込んで物を取り出し、テーブルの上に次々と並べていく。雑巾が五、六枚、ハンディモップが二つ、拭き掃除用の洗剤、四十リットルのポリ袋数枚、そしてお徳用の大容量のウェットシートが出てきた。

「この家に置いておこうと思って、簡単な掃除道具を詰めてきたんです。前に来たとき、あまりにもホコリまみれだったから。部屋を見て回りつつ、ついでに、ざっと掃除もしちゃいましょうよ」

「いいんですか……？　それはすごくありがたいですけど……」カノンの表情が少しだけ明るくなる。

「その代わり、この家を案内していただけませんか？　この家はとても広いですから」

神代がそう言うと、カノンは返事をする代わりに、控えめにうなずいた。

三人揃って、リビングから広い廊下に出る。玄関からリビングへ続く廊下と直角に交わるように、もう一本の廊下が延びている。

二つの廊下が交差する場所に立って左右を見渡すと、部屋の扉が全部で七、八個、そして、二階へ続く幅の広い階段が見えた。私は以前見たこの家の平面図を思い出す。一階の間取りはたしか、5LDKに相当したはずだ。

カノンの案内に従って、私たちは一階の部屋を順番に確認していった。

一階の洋室は全部で五つ。十畳程度の小さめの部屋が三つと、十五畳はある広めの部屋が二つあり、それぞれ書斎や物置きとして使われていた。あとの部屋は、トイレ、広々とした風呂、そして洗面所のようだった。

「これだけ部屋が多いと、普段の掃除も大変だったでしょう？」

「そうなんです。本当に面倒で。ママが体調悪いときは、私が一人で掃除してましたし」

カノンはうんざりした表情を見せた。

リビングに近い部屋から順に、掃除をしていくことに決まった。神代と私は洗面所で雑巾を濡(ぬ)らして絞り、リビングの真隣の洋室の掃除を始める。神代は床の拭き掃除、私は収納スペースの掃除を担当することになった。

「意外とどの部屋も、けっこう物が残ってるんですね」

神代は床を雑巾がけしながらカノンに話しかけた。カノンは、掃除の邪魔にならないよう、部屋の隅のあたりでふわふわと浮かんでいる。

「まあ、家具の配置が変わったりはしてますけど、基本的には昔のままですね」

「でも、カノンちゃんが亡くなってから、何回か人が入ってるんちゃうん？　遺品の整理とか、ある程度してるもんやと思ってたけど」

「たしかに一度、国の調査の人が来たことはありますね。私とママの相続の関係で、この館に何があるのか、調べてたみたいです。あ、やだ、ここすっごいホコリが溜まってる」

　カノンが指さした窓サッシの窪みを見ると、たしかにホコリが積もっていた。私はそのホコリをウェットシートでごっそり拭き取り、ポリ袋に乱暴に投げ入れる。

「ていうか私、自分がいつから幽霊になったのか、分かんないんですよね」

　軽い調子でカノンが言うので、思わず笑ってしまった。

「そうなんや。死んですぐ霊になったわけじゃなかったんやな」

「んー、たぶん。気づいたらこの家にいて、しかも半透明になってたって感じです」

「死んでけっこう経ってから霊になるケースって、わりかしあんねん。死後の霊体は、霊気がバラバラに散らばってるみたいな感じで、キレイな人間の形をしてへんことがある。しばらくするとそれが凝縮されて、だんだん人の形にまとまってくんねん」

　ふうん、とカノンは感心した様子で何度かうなずいた。

「最初、めっちゃびっくりしたんちゃう？　気づいたら自分が幽霊になってるって、だいぶ衝撃的よな」

「びっくりっていうより、パニックでしたね。何が起きてるか全く分からなくて」

カノンは浮遊しながら、懐かしむように天井を仰いでいる。

「たまたま洗面所の鏡に自分の姿が映って、自分の体越しに洗濯機が少し透けて見えたんです。そこで初めてピンと来たんですよ。壁も床もすり抜けられて、空を飛べて、体が透明……私ってもしかして幽霊？　って感じで」

リビングも含め、一階の部屋と廊下をひととおり掃除し終わると、私たちは廊下で一息ついた。

久々に体を動かしたので、私はすっかりくたびれて、床に座り込んでいた。スマホで時刻を確認すると、もう午後四時過ぎだ。掃除を始めてから二時間も経っている。

「やっぱり家が綺麗になると気持ちいいですよね」

神代は腰をねじってストレッチをしながら言った。神代は率先してほとんどの部屋の雑巾がけをやってくれたが、疲労の色はうかがえない。相変わらずの体力バカだ。

「こんなに丁寧に掃除してくれて、ありがとうございました」

カノンは深々と頭を下げる。その表情は掃除前より晴れやかに見える。

「すごく助かりました。家がどんどん汚くなっていくのに、私にはどうすることもできなかったので……」

「いえ、気になさらないでください。僕が個人的にやりたかっただけなので」

神代は綺麗好きだ。大学時代の下宿も、建物自体は古かったが、室内は物が整頓されており、掃除が行き届いていた。

「もともとこの家は、パパとかおじいちゃんの持ち物とかがずっと捨てずにとってあって、気軽に掃除できる感じじゃなかったんですよ。小清水家に伝わる大切なものだからあんまりいじるなとか、一族の宝だから動かすなとか。パパが死んだ後も、ママはけっこうそれを尊重してたので……面倒だから、さっさとパパの親戚に返せばよかったのに」

「お宝って、例えばどんなんがあるん？」私は興味本位で聞いてみた。

「例えば、一億円超えの指輪とか」

「い、一億⁉」私は思わず飛び上がってしまう。

「はい。たしか一億五千万とか言ってたかな。おじいちゃんの代から受け継がれてるダイヤの指輪です。たしか普段は、さっきの物置きのどこかにしまってたと思います。私も一回だけ見たことありますけど、こんなに大きい天然のダイヤがついていて、すごく綺麗でしたよ」

カノンは人差し指と親指で輪っかを作り、その大きさを説明してくれた。

「なんやそれ……予想を遥かに超えてきたわ……」

「そりゃあ、あおい。カノンさんのお父さんは、あの有名な貿易会社の創設者の御子息だもの。資産だって桁違いさ」

カノンの父、小清水誠二は、ブランド品や宝石を取り扱う貿易会社の二代目社長だった。十五年前に誠二が病死し、会社のトップは当時の副社長に引き継がれたと聞く。

「その指輪って、今はどこにあんの？　まさか、さっきの物置きにまだ置かれてたりするん？」

「どうでしょう。そういえば、霊になってからは見かけてないですね……さすがにパパの親戚に返したのかなあ……？」

うーん、と神代は首をかしげた。

「お二人の相続の記録を見ましたけど……少なくとも目録には載ってなかったと思います。一億円もするような財産なら、分配の対象になりそうなものですけどね」

「ていうか、あの指輪の存在自体、今の今まで忘れてました。私が死ぬ前、三島さんがよく来てた頃には、たまに話題になってたんですけど」

そういえば、と神代がふいに切り出した。

「三島さんからお話ってありました？」

「話？　何のことですか？」カノンは首をかしげる。

「以前、三島さんに、カノンさんをお家に住まわせてあげたらどうかって提案したんです。三島さんは、カノンさんに伝えておくっておっしゃってたんですが」

「そうなんですか？　でも、この前会ったときは、特にそういう話は……」

カノンは何かを言いかけて、気まずそうに口をつぐむ。三島から、あまり私たちと馴れ合わないよう言われていたことを思い出したのかもしれない。

「まあ、あの人も、あんまり気乗りしないんじゃないですかね。自分の家に幽霊がいるなんて、誰だって嫌ですもん」カノンはさらりと言った。「それに、あの人と二人暮らしってなると……私も気を遣うので」

「三島さんとは、生前もよくお会いしてたんですよね？」

「まあ、そうですね。この家によく来てましたから。ママは体が弱いから外出が嫌いで、外でデートしたがらないので」

カノンの言葉のニュアンスを感じ取り、私は気になっていたことに少し切り込んでみる。

「こんなん言うたらアレやけど、二人って微妙な距離感よな」

「二人って、私と三島さんですか？」

「うん。あの人はカノンちゃんのこと、娘同然や言うて、熱弁ふるってたけど。そんなに仲良しやったん？」

うーん、とカノンは複雑な表情を浮かべた。予想どおりの反応だ。

「……まあ……色んなことを知ってるし、お友達も多くて、頼りになる人ですけど。私は仲良かったかと言われると、正直……。今だって、ママの娘だから、一応気にかけてくれてるだけだと思います。霊になったのがママじゃなくて私の方だったから、三島さんも困ってるんじゃないかなあ」

三島の話が一段落すると、カノンは自分の腕を反対の手で触って確かめはじめた。そして、ふふ、と可愛らしく笑みをこぼす。

「それにしても、幽霊が実在するなんて思ってなかったなあ。しかも、初めて見る幽霊が自分なんて。ほんとびっくり」そう言うと顔を上げて、私たちの方を見た。「こんな、陰陽師みたいな人たちがいるなんて思わなかったし」

「陰陽師ですか。たしかにそういう風に名乗ってる人もいますね。そっちの方が響きがカッコいいかも」

「神代さんはどうしてこのお仕事に？」

「実は、もともと不動産業界には興味がなかったんです。霊とかオカルトの類にも全く関心がなくて。除霊師になったのは、あおいのおかげです」

神代は一瞬だけこちらへ視線を寄越したあと、カノンの方へと視線を戻す。

「それに、色んな偶然も重なったんです。大学三年くらいになるとみんな就活を始めるんですけど、僕は家庭の事情もあって、留年して就活を先延ばしにしてたんですよ。そんな時に、僕自身が地縛霊の被害に遭いまして。それがきっかけでこの仕事に興味をもったんです」

「そう……だったんですね……」

カノンは少し気まずそうに相槌を打った。地縛霊としてこの家に居座っていることに、罪悪感を覚えたのかもしれない。神代もそんな彼女の心情を察したのか、沈黙を埋めるように言葉を継いだ。

「僕がこの会社に入れたのは、あおいが社長に口利きしてくれたおかげなんですよ」親指で背後にいる私の方を示した。「あいつは僕より先に大学を卒業して、さざなみ不動産に就職してたので」

「お二人は学生時代からお知り合いなんですか？　高校の友達とか？」

「いえ、知り合ったのは大学です。あいつとはゼミが一緒で……ゼミって分からないですかね？　要は同級生みたいな感じです」

「同級生ですか……なるほど。そういう関係性って、なんだかいいですね……」カノンは嬉しそうに小さく首をうなずかせていた。

二人の会話をぼーっと聞きながら家の中を見渡していると、廊下の一番端に、冷たい雰囲気の金属製の扉があることに気がついた。その扉だけぽつんと離れた場所にあるせいで、今まで見落としていたようだ。カノンから案内は受けておらず、掃除もできていない。

「あの部屋はなんやろか？」

「ああ、あそこは……気になるならどうぞ、入ってみてください」

神代がいち早くその扉に近づいていったので、私も立ち上がって後に続く。銀色に光る太いレバーを神代が下げると、ガチャンという大きな音とともに、扉が重々しく開いた。

そこは、白い壁に四方を囲まれた、正方形の小さな部屋だった。立派なグランドピアノが部屋の中央で存在感を示しており、あとは、二人掛けの小さなソファーが壁沿いに置かれているのみだ。

「おおお！　カッコええピアノやなあ」

「ここはレッスン部屋です」カノンが淡々と説明する。「壁が防音になっていて、歌の練習はいつもこの部屋でしてました」

私は入り口を振り返る。扉は分厚く、中からは鍵もかけられる頑丈な作りのようだった。これならピアノの音や歌声も外に漏れないだろう。

「実は今でも毎晩、この部屋で歌を歌ってるんですよ」

え、と私たちは驚いて同時に声を上げた。カノンが慌てて「だ、大丈夫ですよ？」と弁解した。

「この防音室の中なら、声が外に漏れないみたいなんです。私の歌は、人を傷つけてしまうかもしれないから、そこはちゃんと気をつけてます。歌いたくなったときは、この中で歌うようにしてるんです」

「歌は教室かどこかで習ってたんですか？」

「いえ、そういうのに通ったりはしてなくて。全部ママから教わってました」

「え、そうなん？」私は素直に驚いた。カノンの歌唱力は明らかに素人のレベルではなかった。「でも、めっちゃ上手(うま)かったやん」

「母は声楽でセミプロみたいなことをやってた人だったので。もともとはプロのオペラ歌手を目指してたらしいです。身体(からだ)が弱かったのと、パパと結婚したから、その夢は諦めたらしいんですけど」

神代はすぐにスマホを取り出し、何かを検索しはじめた。

「あ、ほんとだ……美羽さんの名前で調べたら、コンサートの写真が出てきました。このサイトは、合唱団のブログみたいですね」

こちらに向けてきた画面には、ステージ上で合唱をする十数名の男女の写真が映し出されていた。

「あー、この写真、見覚えがあります。ほら、画質が悪いけど、後ろの列の一番右がママです」

写真を拡大していくと、たしかにカノンと似た顔立ちをした、美人の女性がいることが分かった。

「そのコンサートは、たしか私が中学生くらいの時のかなあ」

「うーん、そうみたいやな。十年くらい前に開催されたものみたいやし」ということは、亡くなる五年前の写真ということになる。「美羽さんはすごい人やったんやなあ」

「本当だね。プロレベルの人がマンツーマンで教えてくれるなんて、良い環境でしたねえ」

「まあ、そうしてくれって、頼んだわけではないですけどね」

カノンの声のトーンが暗くなった。彼女の身体から、強力な霊気が発されているのを感じた。霊としての力は、負の感情の大きさに比例して強くなる。

「ママはきっと、自分の代わりに夢を叶えてほしかったんだと思います。ママの夢と、私の人生は、何の関係もないんですけどね。たぶん、自分で勝手に挫折した夢を諦めきれなくなって、それを子どもに肩代わりさせようとしてたんです。私は歌は好きだけど、プロになりたいなんて思ったことありません。音大だって、別に受からなくたって……」

このときも、神代はじっと目をつむったまま、カノンの言葉に耳を傾けていた。

防音室から出てすぐ、神代は別の案件の顧客から電話が来たといって、リビングへと引っ込んでいった。

広い廊下にカノンと二人きりで残され、何を話せばよいやらと頭を巡らせていると、カノンに先手を打たれた。

「お二人って仲良しですよね」

一瞬何のことか分からなかったが、しばらく考えて、私と神代のことを言っていると気づいた。

「まあ、そうやな。ただの腐れ縁みたいなもんやけど」

「今日来たとき、庭で二人でお話ししてましたよね？　それも、けっこう長い間。実は家の中から、こっそり見てたんです」カノンは恥ずかしそうにそんな告白をした。「二人きりでいるときは、あんなに自然体なんですね。距離が近いというか、一緒にいるのが当たり前になってるというか」

「まあ、付き合い長いからなあ。大学時代は毎日のように一緒におったし」

「本当に、ただのお友達なんですか？」

質問の意味が理解できず、私はカノンの顔を無言で見つめる。彼女はいたずらっぽい表情で、私の反応をじっと観察していた。

「え、うん、そうやけど……なんで？」

「なるほど。今はまだその段階なんですね。了解です」とこちらをからかうような笑みを浮かべる。

その反応を見て、カノンが何を勘ぐっているのか、ようやく気がついた。

「な、なんやねん。なんか変な誤解してないか？　たしかにあいつとは仲いいけど、そういう関係じゃ……」

私が言いかけたところで、神代がリビングから戻ってきた。会話をぴたりとやめた私たちの様子を見て、不思議そうに尋ねてくる。

「あれ、何この空気？　何の話してたの？」

「や、何もないで」気まずくなって、私は神代から目を逸らす。

「神代さんとあおいさんって、すごく仲良しだなって話をしてました」

せっかく私が誤魔化したのに、カノンが余計なことを口走った。彼女の顔には、こらえきれなかった笑みがこぼれ出ている。

「はい、仲良しですよ」神代は照れる様子もなくそう即答した。「言いましたよね、この会社に入れたのはあおいのおかげだって。メンタルがやられてた僕を心配して、この会社を紹介してくれたんです。それだけじゃありません。僕はいつも彼女に助けられてます。あおいは一見すると無愛想に見えますけど、友達想いで、とても優しい奴なんです」

神代が思いのほか真剣に語るので、私は恥ずかしくなって俯いた。カノンの方を見ると、彼女もうんうんと真面目な目をしてうなずいている。神代のせいで、彼女の誤解がより深まったような気がする。

「さて、この後はどうしましょう？」

神代は廊下の階段を見上げながら、やや深刻な声音でカノンに尋ねた。

「二階はどうしますか？　上にもいくつか部屋はありますが……」

私には神代の質問の意図が分かった。

カノンたちが強盗に殺された場所は、二階にある寝室と聞いている。カノンにとっては立ち入りたくない……あるいは、他人に立ち入ってほしくない場所かもしれない。

「是非、お願いしたいです。二階も同じくらい汚くなってるので」

全く気にしていない様子で、カノンはにっこりと笑っていた。

「でも、もう二時間くらいやってもらってますし。お二人、疲れてませんか？」

「全然、大丈夫やで。こいつは体力馬鹿の脳筋野郎やし」

「え、さすがに言い過ぎじゃない？」神代が隣からツッコミを入れる。

「私もまあ、久しぶりの運動になってちょうどええわ」

「……それなら、お願いしてもいいですか？」とカノンは控えめに言った。

二階の部屋数は一階より少なかった。カノンは初めに、その中でも一番大きな部屋に私たちを案内した。

部屋の半分以上を大きなベッド二つが陣取っており、部屋の隅には古風な間接照明が置かれていた。ざっと見た限りでも、明らかに一階のどの部屋よりも片付いている。床にホコリもあまり見当たらず、掃除をする必要はなさそうだった。

「自分の死んだ場所をこうやって見るのは、なんだか不思議な感覚ですね」

やはりここが、事件のあった寝室らしい。刺殺であれば出血もあっただろうし、この部屋は警察の捜査後に清掃されているから、こんなに綺麗なのだろう。

「本当に、ここへ来て大丈夫でしたか？」

心配そうな表情の神代に対し、カノンはしっかりとうなずいた。

「大丈夫です。殺された瞬間のことはあまり覚えていないので。現場が寝室だったたってことも、後から知ったくらいです」

人に殺されて死亡し、霊になったケースでは、死亡前後の記憶が曖昧になっていることがある。カノンもそのパターンらしい。

「あの日はたしか、予定より早く家に帰ってきたんです。本当は私の歌のコンクールがあったんですけど、直前にエントリーをキャンセルして」

「キャンセルですか。それはどうして？」

「前の日から喉の調子が悪くて、やっぱり出たくないって私が言ったんです。それで、ママとちょっと喧嘩になっちゃって……」

カノンは当時のことを思い出すように、ぽつりぽつりと言葉をこぼした。

「その少し前から、喧嘩みたいにはなってたんですよ。コンクールの何日か前が、ちょうど私の誕生日で。本当はどこかに遊びに行ったり、外食したりしたかったんですけど、それはコンクールが終わってから、ってママに言われて……まさか、喧嘩したままお別れになるとは思わなかったなあ……」

カノンは目を伏せ、寂しそうな表情でベッドの上を見つめている。

「家に帰ってきてからの記憶は曖昧ですけど……誰かがこの家に勝手に入ってきてて、家の中を逃げ回ったのは、途切れ途切れに覚えてます」

カノンは目線を上げ、少し硬い表情で神代に尋ねた。

「除霊……っていうのをされたら、私は消えてしまうんですか？」

「そうですね。少なくとも、この世界からは」神妙な顔で神代は答える。「除霊された霊がどこへ行くのかは、我々にも分かりません。もしかしたら、天国に行けるのかもしれません」

「お二人は普段から、私みたいな幽霊と話し合って、家から出て行ってもらう仕事をしてるんですよね？」

「はい、もうこのペアで三年くらいやってます。交渉してきた地縛霊も、十人を超えましたね」

「そうやって家を明け渡した霊って、その後はどうしてるんですか？」

「ほとんどの方は、我々が紹介する物件に転居していただき、今も静かに暮らしています」

「え、幽霊でも住める家があるんですか」カノンは目を丸くする。

「家といっても、いわゆる廃墟（はいきょ）ですけどね。この国には、かつて人が住んでいたけど、今は誰も寄り付かなくなっている建物がたくさんありますから。所有者不明で放置されている建物とか、所有者が持て余して、実質廃棄されているような建物とか」

「心霊スポット的な場所ってことですよね。なんか、肝試しとかに使われちゃいそう……」

カノンは心配そうに頬に手を当てる。頬のほくろが指の間からちらりと覗いている。

「有名な廃墟であれば、そのリスクはあるでしょうね。でも弊社は、マニアにも知られてない廃墟の情報をたくさん持ってます。独自の廃墟データベースというのがありまして、その中から、皆さんの希望と合致するものを紹介させていただいているんです」

「うちの社長はな、廃墟めぐりが趣味やねん」

私が補足すると、カノンは無邪気に笑った。

「そんな人いるんですか、変なの。何で廃墟が好きなんだろう」

「重度のオカルトマニアやねん。心霊スポットが大好物の変態おじさんや。この会社を立ち上げる前から、不動産会社で働きながら、趣味で廃墟を探し回ってたらしいで」

「カノンさんにはそのうち、うちの社長にも会ってもらいたいねえ」

「それはカノンちゃんに迷惑やろ。あの人、霊に会うと質問攻めにすんねんから」

「いえ、是非会ってみたいです。なんだか面白そうな人だし」

寝室を後にした私たちは、隣の部屋へと移動した。説明がなくてもすぐに、それがカノンの部屋であることが分かった。

いかにも高校生の女の子の部屋といった感じで、可愛らしい家具や小物が並んでいる。

ベッド、学習机、少女漫画の並んだ本棚——ピンク色を基調とした室内を見渡していると、生前彼女がここで生活していたという事実が、現実味をもって伝わってきた。

ふと、部屋の中を見回していた私の目に、とある物が留まった。ピンク色のチェストの隅に置かれた、両手に収まるくらいの大きさのテディベア。落ち着いたこげ茶色のクマは、ファンシーな雰囲気のこの部屋では、やや浮いている。カノンの好みとは違うように見えるが……。

「あの、すみません……」

カノンが入り口あたりから、私たちの様子を恥ずかしそうに見ていた。

「この部屋はあんまり見られたくないです……」

彼女も年頃の女の子なのだ、部屋の掃除など勝手にされたくないのは当然だろう。

「そ、そうですよね。ここはいったんこのままにしておきましょう」

神代の言葉をきっかけに、私たちはその部屋を後にした。

次に立ち入った部屋は、いわゆるウォークインクローゼットというやつらしく、女性用の服がハンガーにずらりと並んでいた。天井も高く、私たち二人とカノンが中に入っても、なお広々として感じる。

「クローゼットとは思えない広さですねえ」

神代が広々とした室内をぐるりと見回しながら、言った。

「服、多すぎですよね。ここにあるのは全部、ママの服なんです」

カノンは並べられた服たちを懐かしそうに眺めている。

「ママは昔、家があんまり裕福じゃなかったらしいんです。でもオシャレは好きだから、高い服を買って、ずーっと長く使ってたんですって」

「美羽さんは物持ちが良かったんですねえ。たしかにどの服も、一目で高級な服だって分かります」

「ここの服のほとんどは、パパと結婚する前に買ったものらしいです。結婚してからは身体が弱くなって、買い物に行くことはほとんどなくなりましたけど」

カノンの言葉と前後して、突然、私の耳が違和感を捉えた。

かすかな息遣いが聴こえたと思ったのも束の間、頭に鈍い痛みが走る。

この家の近くにいるらしい霊の呻き声が、耳の奥の方で反響している。音量調節のツマミを勝手に上げ下げされているかのように、周囲の音が途切れて聴こえる。視界だけははっきりしていて、カノンが部屋の天井あたりを飛び回っている様子が鮮明に見えていた。

懐かしい感覚だった。懐かしいけれど、全く嬉しくはない。

自分にしか聴こえない音に襲われて、一人で痛みを抱える孤独。まるで、一面灰色の海の中に放り込まれたような、そんな心細い感覚だ。私は一人で溺れそうになっているのに、どれだけ待っても助けは来ない——。

＊

小学生の頃は、よくこの感覚に襲われていた。霊の気配を耳が捉えるたびに、強い頭痛や吐き気に見舞われて、保健室に運ばれた。病院にも通ってはいたが、医学では私の聴覚過敏の原因は分からなかった。

それでも、聴こえている音が誰かの声であることは、何となく理解していた。それが普通の人間の声ではないことも、幼いながらに分かっていたと思う。耳の奥で、得体の知れない化け物が呻く。満たされない何かを主張して、私をそちら側へ引きずり込もうとしてくる。彼らの声はすごく不気味だった。そのせいですぐに体調を崩してしまう、思うようにならない生活も、窮屈で仕方なかった。

けれど、何より辛かったのは、この苦しみを誰にも理解してもらえないことだった。他の人に、同じ痛みを感じてほしいとは思わない。それでも、一緒に寄り添って、痛みを分かち合ってくれる人がいないことが、本当に寂しかった。

保険室のベッドの硬い感触を今でも覚えている。

耳の奥で鳴りつづけている化け物の呻き声と、それによる頭痛と吐き気。その苦痛にじっと耐えながら、私は白くて薄いマットレスに仰向けで寝そべっていた。

「まーたズル休みしとるんやって」

「しっ、聞こえんで」

クラスメートの声が聴こえた。保健室から離れた廊下の奥、下駄箱のあたりで、声をひそめて会話をしているようだ。一人はクラスを仕切っているリーダー格の女子。もう一人は、普段からそいつに子分みたいにくっついている女子だ。今となっては、二人の名前は覚えていない。

「聴こえるわけないやろ。保健室からどんだけ離れてるおもてんねん」

「でも、あいつは地獄耳なんやろ？　よう体調悪くなるのも、そのせいって」

「あんなんマジで信じてんの？」心底馬鹿にしたような口調で言う。「嘘に決まってるやろ。変な声が聴こえるとかなんとか、アホらし。あたしらには何にも聴こえへんやん」

勝手に流れ込んでくる会話に、どうしても意識が行ってしまう。普通の声なら、耳を塞げば聴こえなくなる。しかし、こうやって耳の奥に直接聴こえてくる人や霊の声は、自分では防ぐことができない。

私の耳はどうして、拾いたくもない声を拾ってしまうんだろう。こんな耳なら、なくなってしまった方がマシだ。

「こういうのケビョウっていうんやって。病気ってウソついて休むねん。クラスで友達おらんから、教室にいたくないんやろ。だからいっつも、ウソついて保健室に逃げんねん」

「一人だけいっつもズボン穿いとるしな。体育のときとか、男子に混じって走り回ってサルみたいや」

「待って、それカンケーないやろ」リーダー格の女子はケラケラと笑う。

私は保健室のベッドから、ふらつきながら起き上がった。頭が割れるように痛かったが、歯を食いしばって足を踏み出す。

廊下をゆっくり歩いていくと、掃除用具入れのロッカーに寄りかかって話す、二人の姿を見つけた。近づいてくる私に気づいて、ぴたりと会話をやめる。それでも距離を詰めてくる私の方へ、怯えた視線を向けてきた。

「なんで話やめんねん、続き言うてみいや」

二人は顔を見合わせて、最初の一言を譲り合った。私は、痛みを訴える側頭部を手で押さえながら、リーダー格の女子の方へじりじり詰め寄っていく。

「スカート穿かん理由教えたろか？」

脚を振り上げて、思い切り前蹴りをする。私の上履きの底が、彼女の隣に置いてあったロッカーを直撃した。べこりと凹(へこ)んでしまったロッカーを見て、彼女は目をぎょっと見開いた。

「蹴りやすいねん、こっちの方が」

私がもう一人の女子の方を睨(にら)むと、彼女も怯えた様子で後ずさった。

「お前らなんか、バケモンに食われてまえ」

そんな捨(す)て台詞(ぜりふ)を吐いて、私はすぐにそこから立ち去った。後ろは一度も振り返らず、そのまま下駄箱で外履きに履き替えて、学校を出る。あの二人が私を罵るささやき声がしばらく聴こえていたが、校門を出たあたりで聴こえなくなった。

勝手に溢(あふ)れ出(で)てくる涙を袖で拭いながら、通学路を早足で歩いた。学校を早退した理由は、親には言えなかった。

＊

そんな過去の記憶が、思い出したくもない感情まで引き連れてきた。蓋をして見えなくなっていた暗い感情が、ゆっくりと私を占領していく。

私の痛みを理解してくれる人は、この世界にはいない。私の苦しみに寄り添ってくれる人などいないと、あの頃は本気でそう思っていた——。

「あおい？」

声が聴こえて、私はハッと顔を上げた。

「あおい、大丈夫？」

目の前に、心配そうな表情でこちらを覗き込む、神代の顔があった。

「僕の声、聴こえる？」

柔らかい問いかけに、私はゆっくりとうなずく。大学時代のことが頭をよぎった。あの頃、私を孤独の海から掬い上げてくれたのも、神代だった。

私たちのやりとりを見て、カノンもようやく私の異変に気がついたようで、慌ててこちらへ飛んでくる。

「だ、大丈夫ですか？」カノンは心配そうに尋ねてくる。

「大丈夫や。ちょっと音がうるさくてな。私は耳が良すぎるから、要らん音まで拾ってまうことがあんねん」

「霊の声が聴こえたの？」神代が続けて尋ねた。

「さっきまではな。もう聴こえなくなった……けっこう強い悪霊が、この辺を飛んでたみたいや。もういなくなったからへーきや」

心配させないように笑って見せるが、神代の表情は変わらなかった。

「最近は良くなったもんだと思ってたけど……」

「そうなんやけど、まだ、たまにな」

聴覚のコントロールが上手（うま）くなってからも、こういうことは時おり起こる。たいていは、強力な霊気を持った霊が近くにいるときや、私の心身が不安定なときだ。ここ数年は調子が良かったので、油断していた……。

「よし、もう大丈夫や。掃除の続きを――」

動き出そうとした私の肩に、神代の手がポンと置かれた。額に優しくハンカチをあてられ、わずかにかいていた汗を軽くぬぐわれる。

「あおいは休んでて」

「ホンマにもう大丈夫やって。最近は、こうなってもすぐ良くなんねん」

「ダメ」

真剣な顔をした神代に押し切られ、私は押し黙った。

「掃除なんて僕だけでできるから。あおいはそこで楽にしてて」

私は神代に促されて、壁際へと移動させられた。壁に背中を預けて、ぺたりと座り込む。

正直に言えば、頭痛の余韻がまだ残っており、本調子とは言い難かった。数分もあれば回復すると思うが、ここは神代の言葉に甘えて、少し休ませてもらうことにした。

その後も神代はテキパキと掃除を進めていった。床の水拭きだけでなく、ウェットシートやふきんを使って、ハンガーやレール、洋服に積もったホコリを拭っていった。ホコリの積もっていたクローゼットが、神代の手によってどんどん綺麗になっていく。

私は部屋の隅で体育座りをしながら、神代から手渡されたハンカチを、手の中で眺めていた。元は綺麗な藍染だったはずのそれは、長年の使用で色褪せており、藍色というより水色に近い色合いになっている。

「まだ使ってくれてたんか、これ……」

私がつぶやいたちょうどそのときに、カノンが不安そうに近づいてきた。

「あおいさん、体調大丈夫ですか？」

「平気やで。もう頭痛も治まったから」カノンを心配させないよう、私は笑いかける。

頭痛は本当に治まっていた。力のコントロールが下手だった昔とは違い、今では体調を崩してもすぐに回復するようになっている。

「さっきはすぐに気がつかなくて、ごめんなさい」

カノンは申し訳なさそうにそう言うと、ぺこりと頭を下げた。やはり、根は心の優しい子なのだろう。

「それ、あおいさんが神代さんにあげたものなんですか？」カノンは私が手に持っているハンカチを指さした。

「ん、ああ、大学時代にな」先ほどの私の独り言が、カノンに聴こえていたらしい。「もうボロボロやし、いい加減、捨てたらええのに」

「それくらい、大事なものなんじゃないですか？」

嬉しそうに笑うカノンに、私はどう返していいか分からず、「さあ、どうやろな」と首をかしげた。

「さっきは神代さん、すごく優しかったですね」

神代に聞こえないよう、声をひそめてからかってくる。私は気恥ずかしさを感じながら、静かにうなずいた。

「あおいさんの異変にもすぐに気付いてたし。あおいさんのこと、よく見てるのかもしれませんよ」

「な、何を言うてんねん。変なこと言うなや」

私はそう言ってあしらったが、カノンは満足げにうなずいていた。

それから少し経ち、このクローゼットの掃除も終わりかけた頃。私は並べられたハンガーの奥の方に、見覚えのある服を見つけた。

立ち上がって近づいてみると、やはりそれは、カノンが身に着けている水色のワンピースの実物だった。

「あ、それ、いま私が着てるワンピースですね！　ママのクローゼットの方にあったんだ！」

カノンもふわふわと浮遊してこちらへやってきたが、すぐに不思議そうな表情に変わった。

「それ、何でしょうね」

ワンピースの腰辺りのポケットに、何か硬いものが入っていた。ポケットの外側から手触りで形を確かめてみると、立方体のような角ばった形をしている。

「出してみてくれませんか？」

カノンにそう促されてポケットから取り出してみると、手のひらサイズの小さな木箱が現れた。正面には水平に切れ目が入っており、そこからパカっと上下に開くことができそうだ。カノンに視線で合図をしてから、その箱を開けてみる。

中には、薄ピンク色のバラの花が一輪、箱いっぱいに入っていた。カノンと二人で首を傾げていると、神代が隣からその箱を覗き込んできた。

「バラの花――これは、プリザーブドフラワーみたいですね。何かの贈り物でしょうか?」

尋ねられたカノンも首を傾げている。

「見覚えあるような、ないような……。私の服に入ってるってことは、私が誰かに貰ったプレゼントですかね……?」

先ほどから、誰かの歌声が聴こえているのが気になっていた。音の発信源と思われるその木箱に、私は耳を近づける。女性が綺麗な声で、外国語の曲――カノンが歌っていたのと同じ『夜の女王のアリア』を歌っている。

「これ、電子オルゴールちゃう? たぶん、バラの花の下に機械が入ってるんやわ。蓋を開けると音が鳴る仕組みみたいやな」

カノンはじっとその箱を見つめたまま、その音に聞き入っていた。バラの花から目を離さずに、身動き一つしない。

「これって、カノンちゃんの声やんな?」

「いや、これは……私ではないと思います……」

カノンは困惑した顔で、その箱をまだ見つめていた。

「これは……美羽さんがカノンさんに贈ったものかもしれないね」神代は箱の底を覗き込みながら言った。「ほら、底に『for Canon』って彫ってあるよ」

「ほんまやな……あれ、この紙は何やろか」

バラの花の隣に、小さな紙が折りたたまれて収納されていることに気がついた。開いてみるとそこには、手書きの綺麗な文字でメッセージがつづられていた。

『大好きなカノンへ

18歳のお誕生日おめでとう。当日にお祝いできなくて、ごめんなさい。

この歌は、私がカノンと同じ歳に録音したものです。ママにも、こんな風に元気いっぱい歌えた頃があったんですよ。前に聞きたがっていたから、こんなものを作ってみました。

要らなければ捨ててください。

カノンは私と違って、色々な才能に溢れていて、本当に羨ましい。これからも優しくて、可愛らしいカノンのままで居てくださいね。

ママより』

愛する娘の誕生日を祝うために、美羽が用意したサプライズプレゼント――もしかすると、カノンにこれを贈るより前に、あの事件が起きてしまったのかもしれない。

「ということは、これは美羽さんの声なんですね。やっぱり美羽さんも、歌がすごく上手だったんだなあ」そう口にしてから、神代はカノンの異変に気付いた。「……カノンさん？」

カノンの目からは涙が伝っていた。大粒の涙が頬からこぼれ落ち、床に落ちる前にふっと消えていく。

涙を流しながら立ち尽くすカノンの傍らで、小さな箱の中の母親は、美しい歌声を奏でていた。

# 第三章　私の事情

「え、この広さで三千万ですか」

神代（かみしろ）はリビングの真ん中に立って、薄暗い部屋をぐるりと見回した。白い壁紙に囲まれたリビングを、驚いた表情であちこち観察する。

「こんな物件、よく見つけましたね。お目が高いです。この辺りは人気のエリアですから、相場よりかなり安いと思いますよ」

そう言われた男――遠野颯太（とおのそうた）は、神代の隣で「分かります？」と得意げに笑った。

「昔から俺、運の良さだけが取り柄なんで。この部屋も、不動産屋に行ったときに、奇跡的なタイミングで売りに出たんすよ」

亡くなったときの年齢は三十代前半だったと思うが、顔立ちが幼いことも手伝って、もうひと回り若く見える。霊は死亡したときの年齢のまま蘇（よみがえ）るとは限らないため、少し若い見た目で蘇っているのかもしれない。服装は、薄手のジャケットにチノパンという、カジュアルな雰囲気だ。

「普通、このエリアで2LDK買うってなったら、倍近い値段になるんすよね。諦めて1Lにしよっかな、なんて思ってたら、ちょうどこの部屋が売りに出て。運よく一組目に内見できたんで、すぐ契約しちゃいました」

そう言って遠野も首を巡らせ、室内を見渡す。

「入居したときはまだ妻がいたんで、事故物件じゃないの？　なんて、二人で話したなあ。もしかして何人か死んでるんじゃない？　なんてね。まさか、妻がいなくなって、本当に事故物件になるとは思わなかったけど」

遠野の言葉にどう反応すべきか迷ったが、彼は私たちのリアクションにはそこまで興味がなかったようだ。部屋の隅の方に屈みこみ、物思いに耽りはじめた。

カノンの館の大掃除をしてから、二週間ほどが経ったころ。私と神代は、都内のとある分譲マンションの一室へやって来ていた。以前に小波社長から打診があった、立退き交渉の案件の現場だ。

最近、私と神代のペアには仕事が集中しており、今は二人で八件もの案件を抱えている。立退き交渉専門の除霊師という形態が、少しずつ業界に浸透してきた証拠であり、社長はとても喜んでいる。

ただ、案件が増えるにつれて、私たち二人の稼働時間は大幅に増えていった。体力馬鹿の神代はけろりとしているが、私としては、そろそろ心身ともに辛くなってくる頃合いだ。

ただ、神代とほぼ毎日顔を合わせる生活に、大学時代の日々を思わせる楽しさを感じているのも事実だ。

部屋の隅でしゃがんでいた遠野が、「懐かしいなあ」と感慨を込めてつぶやいた。

「この部屋ってほら、天井が高いでしょ？」遠野は天井を指さしながら、頭上を仰いだ。

「たしかに、開放感がありますよね」神代も遠野に倣って天井を見上げる。

特にこのリビングは、天井高が三メートル近くある。その視覚効果により、この部屋は、実際の間取りより広く感じられた。

「なんたって、クリスマスツリーが置けるくらいですから」

「クリスマスツリー、ですか」神代の声が少しぎこちなくなる。

「そうそう。ちょうど、そこに置いてたんすよ」

遠野は、今は家具ひとつ置かれていない、部屋の隅の空間を指さした。

「けっこう本格的なやつっすよ？　高さも二メートルくらいある、ばかでかいやつ。まあ、さすがにモミの木とかじゃなくて、プラスチック製の人工のですけどね」

遠野の話にうなずきながら、神代が私の方に目配せをする。何を言わんとしているかは、すぐに分かった。神代はすぐに目線を遠野の方へ戻した。

「この国でそんなに大きなクリスマスツリーなんて、珍しいですね。素敵です。遠野さんのご趣味で購入されたんですか？」

「いや、たまたまデパートの福引で当たったんすよ。そのイベントで一番の目玉賞品だったんすけど、俺が一発で引き当てて」

「そうでしたか」と神代は目を丸くする。「本当に強運をお持ちなんですね」

その言葉に遠野は上機嫌になって、「クリスマスツリーってやっぱり、ワクワクしますよね」と微笑んだ。

「オーナメントっていうんすかね？　飾り付けを自分たちで作りたいって娘が言うから、紙粘土を買ったんすよ。妻と娘と三人で、一日がかりで飾り付けを大量に作って。粘土遊びなんて小学校以来だったけど、意外と熱中しちゃってね」

「分かります。そういうのって、大人になってからやると楽しいですよね。むしろ、子どもの頃より、クオリティにこだわっちゃったりして」

「そうそう、そうなんすよ！」遠野はさらに盛り上がる。「妻は手先が器用なんで、星とか雪だるまとか上手に作るんですけど、俺は不器用なんで。しかも千草は妻の血を受け継いでるから、下手くそなの俺だけなんすよ。俺が作ったトナカイが、どう見ても犬にしか見えないって、二人にずっと笑われてました。ほんとは妻の作った星をてっぺんに載せるはずだったのに、二人が面白がって、俺のトナカイを載せようとするんですよ」

私は部屋の隅、掃き出し窓の近くの壁を見つめながら、そこにクリスマスツリーが置かれている光景を想像した。

灯り（あか）の少ない部屋の中で、ツリーに巻き付けられたイルミネーションがちかちかと温かく点滅する。その光によって、天井近くまである立派なツリーの姿が、カラフルに照らし出される――。

「千草がそのツリーをやたらと気に入っちゃって、しばらくしまわせてもらえなかったんですよ。しまおうとすると泣き出すんです。クリスマスが終わっちゃうのヤダー、って。年も明けて、もう二月に入ってるのにっすよ？」

「何やそれ、めっちゃ可愛いやん」私は思わず素直な感想を口にした。

「おかげでうちは変な家でしたよ。だって、一年中、ここにクリスマスツリーが飾ってあるんですから」遠野はけらけらと笑った。「しかも、粘土でできた犬がてっぺんを陣取ってる、変なツリーがね」

ツリーの一番上に、不恰好（ぶかっこう）なトナカイがちょこんと載せられているところを思い浮かべた。その様子を楽しそうに眺める、三人の幸せそうな家族の姿も。

「浮かんでくるのは、楽しい想い出ばっかりです」

ほとんど吐息のような声で遠野は言った。その表情には哀愁を含んだ笑みが浮かんでいる。

「都合のいい性格っすよね。最後の半年なんて毎日のように妻と喧嘩してたはずなのに、そっちの方の記憶はぼやけてる。俺の、こういう楽観的すぎるトコがダメだったのかもしれない。あいつが職場の人間関係で苦労してるのも気づかないで、肝心なときに味方になってやれなかった」

私たちの調査によれば、遠野が千恵子さんと離婚したのは、結婚から四年後のことだ。娘の千草ちゃんは当時、三歳になったばかりだった。

「まあ、もともと性格が合わなかったんでしょうね。少なくとも、あいつはそう思って、この家を出て行ったんだと思います」

その目に何が見えているのか、遠野は目の前の壁に向かって手を伸ばした。

もちろん、ツリーの幻影に触れることなどできず、彼の指先は部屋の壁をすり抜けていく。壁を突き抜けて見えなくなった右手を見て、我に返ったのか、遠野は半透明の腕をすっと引き戻した。

「で、今日はこの後、どういう予定でしたっけ？」遠野は仕切り直すように言って、こちらを振り返る。「もうみんなで出発する感じすか？」

遠野は天井近くまで浮かび上がると、慣れた様子で室内を飛び回った。霊としての立ち振る舞いがすっかり板についているようだ。

それもそのはずで、遠野が交通事故で死亡してから、既に一年以上が経過している。彼は霊として蘇り、半年ほどあてもなく彷徨（さまよ）ったあと、このマンションに行き着いた。かつて妻と娘と一緒に暮らしていたマイホームに棲（す）みつき、地縛霊としてひっそりと暮らしていたのだ。

「よければ、このまま飛んでいっちゃいますけど」

「いえ、空を飛んで移動するのはダメですよ、遠野さん」神代は天井近くに目をやりながら、笑っている。「その姿を人に目撃されたら大騒ぎになってしまいます」

「あ、そうっすよね。写真なんか撮られたら、ネットでバズっちゃうかも」そう言ってヘラヘラと笑った。「じゃあ、今日はどうやって、引っ越し先まで移動するんすか？」

「弊社独自の方法で、誰にも目撃されない方法で移動します。そのためには、弊社の従業員の協力が必須です。彼が来るまで待ちましょう」

分かりました、と遠野は高度を落として、私たちと同じ目線まで降りてきた。

「この部屋とももうお別れか……」感慨に満ちた顔であたりを見渡す。「勝手に居座っといて申し訳ないけど、最後にこの部屋で過ごせてよかったっすわ」

遠野は半年以上にわたり、空き室だったこの部屋に、地縛霊として棲みついていた。他の部屋の住人に姿を見られないように注意しながら、誰にも危害を加えず、静かにここで暮らしていたのだ。あるとき、この部屋を買い取ったオーナーが偶然その姿を発見し、さざなみ不動産が立退き交渉を請け負った。

遠野と会うのは今日が三度目だが、初めてこの部屋を訪れたときから、彼は私たちに対して友好的だった。私たちが事情を話すと、立退きにもすぐに応じてくれたのだ。カノンの件のような難しい案件を担当していると、時おり当たるこういう平穏な案件に、心の底から感謝したくなる。

「そういえば、神代さんたちに確認したいことがあるんだった。引っ越しする前に、聞いておかないと」

先ほどの楽しげな雰囲気とは打って変わって、彼は真剣な目をしていた。

「どうぞ、何でもお尋ねください」神代は柔和な笑みを浮かべている。

「この近くに、幽霊屋敷(やしき)って呼ばれてる家があるの知ってます？　少女の霊が棲みついてるって噂(うわさ)の」

微笑んでいた神代の両眉がくいと上がる。私も少しだけ体に力が入った。

このマンションは、カノンの棲みついている館から近かった。加えて、少女の霊が棲みついている幽霊屋敷とくれば、あの館のことを言っている可能性は高い。

「近くって、どの辺りや？」まずは私が探りを入れてみる。

「こっから駅の方に向かって、徒歩十分くらいのところっす。庭つきの豪邸ですよ。三角屋根の可愛いお屋敷」

――やっぱりカノンの館やな。立地も、外観の特徴も一致してる。

霊信で伝えると、神代は一瞬だけこちらに目線を寄越したあと、すぐに遠野のいる方に向き直った。

「その噂は、どこでお聞きになったんですか？」

「ちょっと前に、道端で会った霊から聞いたんすよ。今は幽霊屋敷になってるって聞いて、めっちゃ驚きました。もともとあの家のことは知ってたし、あそこに住んでる親子のことも知ってたから」

「……あのお二人とは、お知り合いだったんですか」神代が深刻な顔つきで尋ねた。

「いや、俺が一方的に知ってるだけです。このあたりじゃ、あの立派な家は有名ですから。綺麗なお母さんと、中学生か高校生くらいのお嬢さんが住んでたんですよ。いつも二人で、あの辺を仲良さそうに歩いてました」

仲良さそうに、という言葉に、私はかすかな違和感を覚えた。カノンは母親である美羽のことを、あまり良く思っていないような口ぶりだった。勝手に、親子仲は良くなかったのだろうと思っていたが……。

「お二人はその幽霊屋敷のこと、知らない感じですか？」

「あ、いえ、実は僕たちは……」

――カノンのことは言わん方がええで。

私の霊信を聞いて、神代は言葉を飲み込んだ。

一応は交渉相手である遠野に対して、別の案件の内容を簡単に漏らすべきではない。地縛霊同士でどのような繋がりがあるか分からず、カノンの案件に悪影響が及ぶ可能性があるからだ。

「まあ、この業界は狭いし。噂には聞くけどな」

私の歯切れの悪い回答を受けて、遠野は必死に言葉を続ける。

「でも、あの家に幽霊がいるってのは本当だと思いますよ。俺、彼女の歌声を聴いてますもん」

「歌を聴いた……って……遠野さん、あの家に行ったことがあるんですか？」

「いえ、ここで聴いてるんです。毎晩」彼は部屋の床を指さした。「すっごい上手なんすよ。オペラみたいな、力強くて綺麗な歌声でね。この部屋に住むようになってから、毎晩のように聴こえてくるんです」

たしかにカノン自身も、毎晩あの防音室で歌を歌っているとは言っていた。しかし、あの館からの距離は一キロほどあるはずだ。この部屋まで声が届くわけがない。さすがに遠野の勘違いだと思うが……。

「そ、それで、我々にお聞きになりたいことというのは？」

神代が困惑しながら尋ねると、遠野は心細い声を出した。

「あの少女って、その……除霊されちゃったんすかね……？」

私と神代の動きが同時にこわばる。

「どうしてそんなご心配を？」

「いや、実は最近、歌が聴こえてこないんですよ。前まで、それこそ二週間前くらいまでは、ほとんど毎日聴こえてたのに」

二週間前といえば、ちょうどカノンと館の大掃除をした頃だ。あの日以来、あの館には足を運んでおらず、カノンの状況を確認できていない。

「除霊師って、お二人みたいな優しい人たちばかりじゃないんでしょう？　除霊師にやっつけられちゃったのかなって、心配になって……」

「い、いや、きっと大丈夫だと思いますよ」神代の声は明らかに動揺していた。「あの子のことは、僕たちがしっかりと――」

――おい！　だから、言うたらあかんって！

私が霊信でたしなめると、神代は慌てて口を結んだ。先ほどから感じる、この不安定さは何なのだろう……神代の動揺が私にも伝染していく。

「すまんなあ。私たちは、その少女のことはちょっと分からへんわ」

「いや、俺の方こそすんません、変なこと聞いちゃって」そう言って遠野は頭をかく。

「除霊師のお二人なら、何か知ってるかなー、って思ったんですけど」

「お優しいんですね……遠野さんは」つぶやくような声で、神代が言う。

「いやあ、なんかね、なんていうんだろうなあ……うーん……」

遠野は自分の思いをうまく言葉にできない様子で、首をかしげながら考え込んだ。

「可哀想（かわいそう）だなって、ずっと思ってたんすよ……今あの子はあんな広いお家（うち）に、一人きりで暮らしてるわけでしょう？　噂がホントなら、一緒に暮らしてたお母さんと一緒に、悲惨な死に方をしてるらしいし。どうせなら親子二人で霊になって、一緒に暮らせたらよかったのに、なんて」

遠野は床の上に視線を落とした。どうやらあの幽霊屋敷の噂は、強盗殺人事件の顚末とセットになって広まっているらしい。

もし歌声が聞こえなくなったというのが本当なら、カノンは歌を歌うのをやめたということになる。何か、彼女の中で心境の変化があったのだろうか。

それともまさか、遠野の心配するとおり——。

「すごくね、寂しそうな声なんですよ」

「彼女の歌声がですか?」

神代の問いかけに対して、遠野は静かにうなずいた。

「大切な人に向かって、会いたい、私のところに来てほしい。そう訴えかけているような感じがするんです。あの声を聴くと、いつも胸が痛くなってました」

霊とは、強烈な感情の塊のような存在だ。そして、同じ響きを持った感情同士は、ときに惹かれあい、共鳴する。稀に、私の霊信と同じような仕組みで、物理法則を無視して音や映像が届くことがあるのだ。もし遠野がカノンの感情に共鳴していたのなら、彼に彼女の歌声が聴こえていてもおかしくない。

「まあ、俺は除霊されなくてよかったっす」遠野は穏やかな顔で笑っている。「これからは、誰にも迷惑かけることなく、静かに暮らせるわけだし」

何らかの強烈な感情を抱えていない限り、霊となって現世に留まることはない。表には出ていなくても、心の奥底にある感情に呼応して、霊はその力を発揮するのだ。遠野の笑顔の裏に、カノンと共鳴するほどの強烈な感情があるのだとすれば、それは――。

「遅くなってすまない。ようやく準備ができた」

声がした方を見ると、薄暗い玄関に、間宮(まみや)さんの姿があった。遠野の方に向き直り、軽くお辞儀をして挨拶する。

「さざなみ不動産の間宮と申します」

礼儀正しく、しかし堂々とした口調でそう名乗った。頼もしくはあるが、決して相手を萎縮させない風格を漂わせている。生前は不動産業者の優秀な営業マンだったというのもうなずける。

「え、引っ越しに必要な社員の方って、幽霊だったんですか！」

声を上げて驚く遠野に、神代が補足する。

「はい、弊社には除霊師だけでなく、こういった霊の協力者がたくさんついてるんです。ですから、引っ越し後の生活で困ったことがあれば、いつでもご相談ください」

「それは頼もしいなあ。間宮さんは喧嘩(けんか)も強そうだし。他の霊に襲われても大丈夫そうですね」

そう言って、背広に包まれた間宮さんのたくましい肩を眺める。

「もちろんです。万が一があったときはお任せください」間宮さんの低音ボイスが室内に響きわたる。「ですが、我々の採用している運送方法では、悪霊どころか、霊や人間と出くわすことすら、ほぼありません」

「え、そんなこと可能なんですか？」

神代と私が、これから行う引っ越しの手順を説明すると、遠野は納得してうなずいた。

「なるほど、それなら安心ですね。引っ越し中に、悪い幽霊に襲われないか心配だったんですけど」

その後も間宮さんから詳細な注意事項の説明があり、出発の準備が整った。

「それでは行きましょう、遠野さん」

神代が玄関扉を開けて待っていると、遠野が靴脱ぎ場で動きをとめた。

しばらく静止していたかと思うと、何かを気にするように部屋の方を振り返る。静かな時間が流れたあと、遠野のつぶやくような声が聞こえた。

「千恵子は……元気でやってますか」

彼の視線は、部屋の隅のあたりに向けられていた。私の視界に、ちかちかと光るクリスマスツリーの幻影が再度よぎる。彼の目には今、どんな想い出（おもいで）が映っているのだろう。

少し間を空けて、神代が穏やかな口調で答えた。

「変わらず、元気にされていると伺ってます。千草さんも……何といいますか、新しい環境で、健やかに暮らしていますよ」

「あ、気遣わなくていいっすよ」遠野は軽い口調で口にする。「千恵子が再婚したのは知ってます」

え、と神代と二人で同時に声を上げた。おそらく知らないだろうから、尋ねられるまでは明かさないようにしよう、と事前に二人で話し合っていたのだ。

遠野の元妻である千恵子は、遠野の死後半年ほど経って、他の男性と再婚している。この件を請け負った当初、遠野について調査するため、千恵子の元を訪ねたところ、彼女は快く調査に応じてくれた。夫がちょうど出払っていたこともあってか、離婚前の生活のことや、遠野の死後の状況などを、彼女は穏やかに語ってくれた。

「それを知ったときはむしろ安心しました。早く誰かと再婚して、幸せになってほしいって思ってたから」

「霊になってから、彼女とは会ったん？」

私が尋ねると、「いえ、一度も」と彼は静かに首を横に振った。

「こっそり様子を見には行きましたけど、話したりはしませんでした。こんな姿を見せたら、びっくりさせちゃうでしょ。あいつはもう、新しいパートナーを見つけて、新しい生活を始めてる。俺にそれを邪魔する権利はありません」

自分に言い聞かせるような言い方だった。たしかに、向こうに新しい伴侶がいるのであれば、なおさら彼女たちを混乱させてしまうだろう。

「遠野さんは、地縛霊の中では力が弱い方なんです」

神代がつとめて冷静な口調でいう。付き合いの長い私には、彼が込み上げる感情を堪えているのが分かった。

「よほど霊感が強い人でなければ、あなたの姿を認知することはできません。千恵子さんと千草ちゃんには、あなたの姿は見えないはずです。ですから、いずれにしろ、お二人とお話しすることはできなかったと思います」

遠野は消え入りそうな笑みを浮かべたまま、何度もうなずいた。神代が口にした、遠野の未練を断ち切るための言葉を、噛みしめているかのようだった。

ふと、私の頭にカノンのことが思い浮かんだ。

唯一の肉親である母親を失くしているカノンには、遠野が抱えるような葛藤はもはやない。あの広い屋敷に一人で遺された彼女の心を、何が、誰が、支えているのだろうか。あの三島という男が、その役割を果たせているとは思えない。

カノンの歌声を耳にした遠野は、大切な人を呼んでいるように聴こえたと言った。カノンが歌うのをやめたのは、どのような心境の変化によるものなのだろう。

大掃除の最後に見つけた、あのオルゴール――そして、母親の声を聴きながら涙を流す、カノンの姿が思い出された。私は彼女の本心を、まだきちんと理解できていないのかもしれない。

「……千恵子さんは、再婚後すぐに、千草ちゃんと二人で暮らしていたアパートを引き払いました。今は、新しい旦那さんと三人で暮らしています」

神代は、一語一語を噛みしめるように話した。自分の言葉が遠野に与える重みを、慎重に確かめているように見えた。

「新居には……クリスマスツリーが置いてありました。天井に届きそうなほど、大きなツリーです。僕たちがお邪魔した際はもう三月でしたが、まだリビングの片隅を陣取っていました。千恵子さん曰く、今でもあのツリーは、千草ちゃんのお気に入りだそうです」

あちらに向き直った遠野が、指で涙を拭うのが分かった。

「……気持ちの整理がついたのは、つい最近なんです」

私たちに背を向けたまま、遠野はぽつりと口にした。

「霊になってからしばらくは、新しい旦那さんにめちゃくちゃ嫉妬してました。千恵子にもすごくムカついてたんです。呪ってやろうかって本気で思ったことも……俺は本当に最低な男ですね……大切な人の幸せすら願えないなんて……たぶん、こういうところがダメだったんだ」

神代は目を閉じていた。声を震わせながら話す遠野の声に、じっと耳を傾けている。

大切な人にもう一度会いたいという、強い願い。

遠野を地縛霊として現世に縛り付け、カノンの歌声と共鳴してしまうほどの強烈な未練は、まだ彼の中にはっきりと残されている。

「そりゃね、会いたいですよ。好きなんですもん。話がしたい。一緒に過ごしたい。この姿になってからは毎日辛かった。こんな気持ちを抱えてこの世に留まるなら、いっそ霊になんてならずに、あの世へ行きたかった……」

堰を切って溢れる切実な言葉に、私は気持ちを揺さぶられる。しかし、すぐに理性が警鐘を鳴らし、私は冷静に目の前の状況を観察した。抑え込んでいた感情が溢れ出たからか、遠野の全身からは、強力な霊気が漏れ出ていた。

霊とは生前の人間の強い感情が具現化したものだ。負の感情が大きくなり、臨界点に達したとき、霊はコントロールの利かない感情の化け物――悪霊へと変貌する。遠野にはその兆候が出はじめていた。

私が雑音砲を準備しようと身構えたそのとき、神代の目が開いた。

「遠野さんは、最低なんかじゃありません」

その声には強い意志が込められていた。

「誰かを好きになることは……大切に想うということは、必ずしも美しいことじゃない。相手を想うあまり、迷惑をかけることもあります。すがるあまりに、重荷を背負わせてしまうこともあります。でも僕は、それが悪いことだとは思わない——思いたくありません」

神代は真剣な目で、遠野のいる方を見つめていた。

「千恵子さんにとってあなたは、まだ大切な存在のままだと思います。千草さんにとっても、今でも大好きなパパのはずなんです」

神代は熱のこもった声で必死に訴えかけている。自分の母親と重ね合わせているのかもしれない、と私は思った。

「これは、僕たちが千恵子さんからお聞きしたことですが——」

「神代、もうその辺にしとき」

私がわずかに語気を強めて言葉を遮ると、神代はハッと我に返った。

「も、申し訳ございません。出すぎた真似を……」

慌てて頭を下げて謝罪する神代に、遠野は力なく笑いかけた。

「いえ、いいんです。ありがとうございます。神代さんは本当に優しい方ですね」

少しの沈黙の後、彼は落ち着いた口調で言う。

「でも、もう、大丈夫です。むしろ、これ以上聞いたらダメだと思います。気持ちが揺らいで、悪い方に行っちゃう気がします。俺はできるだけ爽やかな気持ちで、この部屋を出て行きたいんです」

遠野が纏っていた霊気は既に弱まっており、負の感情に振り回されている様子もなかった。彼はもともと、しなやかで強い心の持ち主なのだろう。霊として留まるほどの強烈な未練を、こうして自ら抑え込める者はそう多くない。

「そうですね。すみません」と神代も、目を潤ませながら首を小さくうなずかせる。

遠野の肩がわずかに震える。鼻を啜る音が聞こえる。彼は深呼吸をしてから、一度だけ大きくうなずいた。

「さ、行きましょっか」

こちらを振り返り、潤んだ目を隠すようにして、くしゃっと笑う。

「やっぱ俺って運がいいっすね。優しい除霊師さんに当たって、本当によかった」

そう言ってゆっくりと玄関に移動しはじめた遠野に、私たちも後ろから付いていく。神代は遠野の背中を、涙をこらえるような表情で見つめていた。

神代が先ほど言いかけたことには、心当たりがあった。千恵子さんの自宅を訪れたときに、彼女自身から聞いたエピソードだった。

遠野の葬儀には、千恵子さんと千草ちゃんも参列した。千草ちゃんは棺の中に、粘土でできた不恰好な犬を、泣きじゃくりながら入れていたそうだ。

参列者の中で、それがトナカイだと分かる者は、千恵子さんと千草ちゃん以外にいなかっただろう。

＊

夜更けの田舎道の風景が、窓の外を流れていく。

私は助手席から、ハンドルを握っている神代の横顔を眺めた。遠野の家を出たころから、湿っぽい雰囲気が抜けきらず、私たちの間にも少し気まずい空気が流れていた。

遠野を転居先まで送り届けた、片道二時間の帰り道。私たちは神代の運転で、銀色のセダン——さざなみ不動産の社用車を走らせていた。車に乗ることができない間宮さんとは、当然ながら別行動だ。

車内の沈黙を破ったのは、神代のつぶやきだった。

「あおい、ごめんね」

進行方向に目を向けたまま、助手席の私に向かって言う。

「何のことや？」察しはついていたが、私はとぼけて尋ねる。

「遠野さんの家でのこと。僕、冷静じゃなかったよ」神代は落ち着いた声で淡々と話した。「僕の不用意な発言が、遠野さんの負の感情を刺激してしまう可能性もあった。あおいに止められてなかったら、万が一のことが起きてたかも……本当に、ありがとう」

もとより責めるつもりなどないのに、神代はそう言って謝った。

神代が取り乱した理由は、何となく察しがついていた。神代は大学時代に、唯一の肉親だった母親と死別している。子が親を想う気持ち、親が子を想う気持ちには特に敏感なはずで、カノンの案件でもそれが時おり垣間見えていた。

「なんであんなに取り乱してたん？　珍しいやん」

「なんていうか……恥ずかしいんだけど……」神代はそう言って口ごもった。「僕はいつも……この仕事を通じて、みんなを幸せにできたらって思ってるんだ。遠野さんにも、カノンさんにも、平穏な気持ちで第二の人生を歩んでほしい。今日はその気持ちが先行して、余裕がなくなっちゃったんだと思う。どうにかして、千恵子さんや千草ちゃんの気持ちを遠野さんに伝えられたら、って思ったんだけど……空回りしてたよね」

なるほど、と私は納得した。ああやって遠野に必死に訴えかけていたのは、彼の負の感情を和らげたかったからなのか。神代の言葉が良い方へ影響したのか、あれから遠野の負の感情が膨らむことはなかった。神代が必死にとった行動は、結果的には良い方向へはたらいたといえる。

「こんなの、ただの理想論だけどね。僕なんかに、そんなことができるのか分からないけど」

「できると思うで、お前なら」私はできるだけ軽い口調でそう励ました。「今までも、そうやってお前に救われてきた人は、たくさんおったと思うし」

そのうちの一人が、他ならぬ私なのだ。

「ま、次はもうちょいスマートにできるとええな」そう言って神代の肩を軽く叩く。

ありがと、と笑った神代に、ええよ、と私も笑みを返した。

途中でコンビニを見つけたので、休憩のために立ち寄った。トイレを済ませて店から出てきた神代の、背中をバシっと叩く。

「お疲れさんっ」

私はそう言って缶コーヒーを差し出した。神代がトイレに行っている間に買っておいたものだ。神代は「ありがと」と微笑みながらそれを受け取る。

「すまんな、運転任せてもうて」

深夜一時過ぎにもかかわらず、神代はもう往復三時間以上、田舎の夜道を運転している。体力のある神代とはいえ、表情からはわずかに疲労の色がうかがえた。

「ドライブは好きだから全然いいよ。あおいも少しだけ運転してみる？　気持ちいいよ？」

「ほんま？　社用車が大破してもええなら、ええけど」

「あー、そういえば……」

ゼミ旅行で、私の運転するレンタカーが、旅館の壁に激突した事件を思い出したらしい。

「オッケー、やめとこう。まだ人生でやりたいことあるし」

他に誰もいない深夜の駐車場でひと休みする。私たちは社用車の扉に寄りかかって、隣り合わせに立っていた。神代は先ほどあげた缶コーヒーを、ゆっくりと啜っている。

「なあ、神代」

気になっていたことを、思い切って口にしてみる。

「もしカノンちゃんが暴走したら……負の感情が膨らんで、悪霊になってしまったら……

お前はあの娘を除霊できるんか？」

神代は何かを考えるように、しばらく自分の足もとのあたりを見つめていた。

コンビニの照明に照らし出された神代の表情に、つい視線が行ってしまう。その憂いの滲んだ目には見覚えがあった。やはり神代の中にはまだ、母親を失くした痛みが遺されている。

神代はハッと顔を上げると、即席の笑顔を私に向けた。

「そうならないために、僕たちが頑張らないとね」

そうやって答えをはぐらかして、飲み切った缶を店のゴミ箱に捨てた。先に車に乗り込んだ神代に向かって、私はつぶやく。

「優しすぎんねん、お前は」

出会った頃からそうだった。神代はいつだって、相手の気持ちに寄り添ってあげようとする。そして、その気持ちに報いてあげられなかったときは、自分のことのように傷を負ってしまうのだ。

先ほどトイレに行った際に使ったのか、神代は見覚えのある水色のハンカチをポケットから取り出していた。ハンカチを綺麗に畳みなおすと、ジャケットの胸ポケットにしまい込む。それがもともとは鮮やかな藍色だったことを、私は知っている。

それを見た私の頭に、当時の記憶が蘇（よみがえ）ってきた。鋭敏な聴覚がまた疼（うず）きはじめる。

あの頃、私を取り巻いていた音たちがひとりでに蘇り、ゆっくりと頭の中を占領していく――。

＊

聴こえてくるのは、春の小川の爽やかなせせらぎ。風が木々を撫（な）で、枝葉がざわめく音。

そして、河原で楽しそうに遊ぶ子どもたちの笑い声――だけではなかった。

私は顔をしかめながら、石でできたゆったりとしたベンチに腰かけていた。

目の前には、我が校のキャンパスの片隅に位置する小さな池。そこへ流れ込む小川の傍らで、小学校低学年くらいの男の子が二人、水をかけあって遊んでいる。

なあなあ、とそのうちの一人が得意げに言った。

「こん中って入ったことある？」

小川の出どころにあたる、小さな丘にぽっかり空いた穴の奥を指さしている。

「噂（うわさ）だと、裏山の洞窟に繋（つな）がってるんだって。一回ちょっとだけ入ったことあるけど、暗くてすごく怖かった」

それを聞いたもう一人は穴の中を覗き込み、やがてこちらを振り返った。

「別にこんなん普通じゃね?」

「じゃあお前、入れるのかよ」口を尖らせ、挑発するような口調で言う。

「全然平気だよ。これ、持ってて」

背負っていたリュックサックを下ろそうとしたところで、私は立ち上がった。小学生の体でやっと入れるくらいの、小さな洞穴に入ろうとするその子に、ゆっくりと近づいていく。

「おい、お前ら。そこは入ったらあかんで」

背中に声をかけると、二人は同時にびくっと反応して、私の方を振り向いた。

「入っちゃダメって、なんで?」その声色には、反抗的な調子が残っている。

「その奥に、変なモンが棲みついてんねん」

「……変なのって何? 野良犬とか?」

不審そうな目でそう問いかけられ、私は無意識に耳を澄ませる。

やはり穴の奥の方から、不穏な気配が漂っていた。湿った息遣いと、膨らみつつある悪意——悪霊になりかけている元人間が、この穴の奥に巣くっている。少し前からそこに棲みついている地縛霊だが、しばらくすればどこかへ住処を変えるだろう。

「いや、どうやろなあ」私は少年たちに向かって、ニヤリと笑いかけた。「野良犬より、もっと怖いモンかもしれへんで。もしかしたらお前らも食われてまうかも」

二人はその言葉を聞いて、ぴたりと動きを止めた。互いに顔を見合わせながら、すぐに手荷物を拾い上げて、立ち去っていく。時おり私の方を気味悪そうに振り返りながら、小さな二つの背中は遠ざかっていった。

「何してるの、更科（さらしな）さん」

背中に声を聞いて振り返ると、先ほどまで座っていた石のベンチのそばに、神代が立っていた。

「ん、ガキンチョと遊んでた」

「本当に？　怯（おび）えて逃げていくように見えたけど」と彼は柔らかく笑う。

神代は私と同学年で、学部も同じだが、知り合ったのはつい先月だ。名前を聞いたことはあったものの、今学期から始まったゼミで一緒になり、初めて顔と名前が一致した。

「この後はどうする？」神代は穏やかな声音で尋ねてくる。「どこでやるか、全く決めてなかったね」

来月に、ゼミの発表の番が回ってくる。二人一組の共同発表で、私は神代とペアを組まされたのだ。今日は発表内容についての話し合いをする予定だったが、たしかに待ち合わせ場所以外、何も決めていなかった。

「私は何でもええでー。お任せしますわー」

正直なところ、ゼミの発表に労力を割く気はなかった。適当に意見を合わせて、細かいところは真面目な神代に丸投げしてしまえばいい。

「今日決めるとしても方向性だけだし、この辺で簡単に話しちゃおうか」私たちを取り巻いている、ささやかな自然を見回す。「ここ、緑が多くてすごく気持ちいいし」

私は一瞬だけ、小川が流れ出ている洞穴の方へと目をやった。穴の向こうからはやはり、地縛霊の穏やかでない気配が聴こえてくる。

「……うん、そうしよか」長くはかからないだろうと思い、私は神代の提案を受け入れた。

想定どおり、話し合いはほとんど神代が主導して進めてくれた。神代の意見に同調するだけで、発表の方向性やあたるべき文献が順調に決まっていく。

しかし途中から、私の耳は神代の声に集中できなくなっていた。

「大丈夫？　もしかして体調が優れない？」

神代に優しい口調で尋ねられ、ハッとして顔を上げる。

幼い頃から悩まされつづけてきた聴覚過敏は、この頃になるとかなり改善されていた。昔に比べれば制御が上手（うま）くなったものの、それでも時おり調子の悪い日がある。

こういうときの私の耳は、拾わなくてよい音を拾ってしまう。物理的に聴こえてくる音ではない。霊道を通って聴こえてくる、霊たちの声や音だ。

話し声、呻(うめ)き声、叫び声、息遣い――そこに存在していることを生者たちに主張するかのように、生々しい気配が鼓膜に直接届いてくる。

「いや、すまん。ちょっと音がうるさくてな……」気持ちに余裕がなく、適当な言い訳を考えることすらできなかった。

「音が？」

神代は不思議そうな顔をして、あたりの風景をきょろきょろと眺める。彼には、小川が流れる音や、風の音や、木々が揺れる音しか聴こえていないだろう。

「大丈夫や。あとちょっとやし、続けてくれてええで」

私がそう言ったあとも、神代は私のことをじっと見つめていた。しばらく無言で私のことを見ていたかと思うと、ゆっくりとベンチから立ち上がった。

「場所を変えよう」

そう言いながら荷物を手早くまとめる。私も慌てて立ち上がると、「ゆっくりでいいよ。自分のタイミングで」と穏やかな声をかけられた。

私の希望で、私たちはキャンパスの反対側にある小さな食堂に移動した。夕食前の中途半端な時間帯だからか、学生の姿は少ない。

四人席に二人で広々と腰かけると、私はほっと一息をついた。

「ありがとう。もう楽になったわ」

「そう？　それは良かった」

恩に着せる風でもなく、さらりと口にする。その様子を見て、苦痛から解放されて気が抜けた私の口から、素直な感想が飛び出た。

「お前って、気遣いのできる男やなあ」

「え、そう？　そんなことないと思うけど」

目を丸くして首をかしげる。これで無自覚なのだから、恐ろしい男だ。

物腰は柔らかく、優しくて真面目で聞き上手。おまけに高身長でツラも良いということで、神代は大学内の女子たちから人気を集めていた。私がもともと神代の名前を知っていたのも、そういう評判を聞いていたからだった。

「なんか腹立つなあ」私は目の前の男を見ながら、顔をしかめる。「嫌みなやつやでほんまに」

「なんで急に悪口言うのさ。せっかく褒めてくれてたのに」

悲しそうに眉をハの字に下げる神代に、私は「ごめんごめん、冗談やって」と笑いかける。

「人としてデキすぎてて、逆にムカついてもうてさ。なんか、こっちが人として未熟みたいに思えてくるやん？」

「僕が完璧なんて、そんなわけないでしょ」困ったように手を顔の前で振る。「母さんが家にいたころ、よく体調を崩してたから。そういう意味では、体調が優れない人の扱いに慣れてるのかも」

そこで神代の家庭の事情について尋ねなかったのは、当時の私たちの距離感からすれば無理もないことだった。

「それにしても、ほんまごめんなあ。移動までしてもらって。私の都合で振り回してもうたなあ」

「気にしないで。それより、今日はもうやめておく？　もし調子が悪いなら……」

「いや、ここなら大丈夫や。あの場所があかんかってん」

「そんなに周りの音がうるさかった？」

首をかしげながら尋ねてくる。たしかに、普通の耳で聴こえる雑音は、この食堂の方が圧倒的に多い。神代からすれば、場所を変えた理由が分からないだろう。

「そうやなあ、なんていうんやろ……」

そのとき、どうしてそういう決断をしたのか、いま振り返っても不思議に思う。

この人なら、私の話を笑わずに聞いてくれる――知り合って間もないころから、そう直感していたのかもしれない。

「私な、幽霊の声が聴こえんねん」

神代は一瞬だけ驚いた表情を見せたあと、すぐに深刻な顔に戻った。

「あるときから、自分にしか聴こえない音が聴こえるようになってな。それがうるさくてむっちゃしんどかってん。最近は、聴覚のコントロールができるようになって、しんどい日は少なくなってんけど、まだ、たまーにああいうことがあんねん」

私が話している間、神代は目をつむりながら、真剣な表情でうなずいていた。

「僕は幽霊のことは全く分からないんだけど……それは、人間の目にも見えるものなの？」

「うん、見えるで。強力な霊なら、霊感が弱い人にも見える。逆に弱い霊でも、霊感が強い人になら見える。私は耳だけやたらいいから、弱い霊でも、遠くにいる霊でも、音で敏感に感じ取れんねん」

「それ、すごいじゃない！　特殊能力みたいで、カッコいい！」

神代のそんな無邪気な言葉に、私は目を丸くする。この体質をカッコいいと言われたのは初めてだった。幼少期にいじめの原因になって以来、この体質を恨んできた私にとっては、とても新鮮な考え方だった。

「いや、ええことなんかないねん。小さい頃はこの体質のせいでしょっちゅうぶっ倒れて、大変やってん。小学生のときとか、周りから気味悪がられてたし」

神代はハッとした表情を見せた後、申し訳なさそうな目で私を見つめた。

「そうだったんだ……軽はずみにカッコいいとか言っちゃって、ごめん」

「ん？　別にええよ？　今はもう気にしてへんし」重く受け止められてしまったようなので、あえて明るい声で言う。「むしろ、なんていうんやろ……ありがたいわ、そう言ってもらえて。この体質、昔からめっちゃ嫌いやったからさ」

やや深刻な空気になってしまったので、私は話題を変えることにした。

「お前も人生で何回か、霊を見たことあるんやない？」

「えー、ないと思うなあ。僕、ホラー映画とか苦手だから、見えない方が嬉しいし」

「ほなお前は、霊感が弱いんやろうな。強い、弱いっていう違いはあっても、霊感の全くない人間なんて、まずおれへんねん」

ただ、おそらくないとは思うが、一応もう一つ可能性がある。

「もしくは、自分では自覚できてないくらい、霊感が強いか、やな」

「自覚できないって、どういうこと？　そんなことあるの？」

「くっきり見えすぎてて、それが霊って気づいてないパターンがあるらしいねん。そういう人は、自分に霊感があるとすら思ってへん。みんな当然に見えてるもんやと思い込んでる」

なるほど、と神代は納得した様子でうなずいていた。

「更科さんは、どうしてそんなに霊に詳しいの？　そういう情報ってどこで知るの？」

「全部、とあるおじさんから教えてもらってん」

「おじさんって？」神代は首をかしげた。

「私を苦しめてた地縛霊を追い払ってくれた、変なおじさんがおんねん。追い払うっていうか、話し合いをして、出ていってもらったって感じやったけど」

「何それ、すごいね。立退き交渉みたいな？」

「そうやな。霊って普通は退治してまうものらしいんやけど、その人は極力円満に出て行ってもらうことにしてるんやって。丸眼鏡かけた丸っこいおじさんで、霊感がめっちゃ強いねん」

神代はその後も、私のする霊についての話を、呑気に相槌を打ちながら聞いていた。私はしびれを切らして、会話が途切れたタイミングで切り出してみる。

「お前って、ツッコまへんのな」

「ツッコむって何に？」目を丸くしている神代。

「いや、今の話、全般に。霊がおるとか見えるとか聴こえるとか、自分で言うのもなんやけど、異常な話やん。私のこと、イタい奴やと思わへんの？」

「思わないよ」即答だった。「更科さん、嘘をつくような人には見えないもん」

神代はまっすぐな目で私のことを見ている。私はなんだか嬉しくなって、噴き出してしまった。

「お前は……アレやなあ。ちょっと変な奴やなあ」

霊について語る私の方がよっぽど変かもしれないが、それはいったん棚に上げることにした。

「そういうとこ、周りの奴にはバレてへんのか？」特に、神代を狙っている女子たちに。

「うーん、変わってるって言われたことはないなあ」呑気な顔で首をかしげる神代。「逆に、更科さんは変な人って聞いてたから、意外と普通でびっくりしてるよ」

「……どんな噂を聞いてたん？」嫌な予感がした。

「ん、そりゃたくさんあるよ。更科さんって有名人だもん。入学早々、男子をボコボコにして病院送りにしたとか。授業中に教授に食って掛かって、授業時間が終わるまで口論してたとか。一人の男子をめぐって、女子を罵倒して号泣させたとか――」

「いやいや、そんなやつ尖りすぎやろ！　噂に尾ひれがついてるわ！」慌てて口を挟む。

「ひれどころか、翼までついてもうてるって！」

「あれ。もしかして、これって全部デマなの？」

「当たり前や！　大学入りたての頃に男子と喧嘩したんは、そいつがしつこく言い寄ってきてキモかったからや。ボコボコにはしたけど、病院送りになんてしてないわ」

「あ、ボコボコにはしたんだね」神代は嬉しそうに笑っていた。

「あと、その女の教授は、授業中に私の服装を注意してきてん。勉学と向き合う服装やないって。パーカーにスウェットで大学に来て何が悪いねん、って反論したら、しまいにはそいつ、女の子らしくない服装はやめろとかぬかしよった。ほんでまた反論してたら、いつの間にやら一時間半経ってたんや」

「たしかに、ジェンダー差別はよくないもんね。勇気ある行動だね」

「女子との口喧嘩の件は、私はその男子に全く興味なかったのに、私が仲良かったから勝手にライバル視されててん。そういうめんどくさい性格があかんのちゃう、って言うたら、その子がほろりと涙流してもうてさ」

「なるほど、号泣ってほどではなかったんだね」神代はうんうん、とうなずいている。

「そうやねん。悪い噂が先行してるだけで、実際にはそんな尖った人間ではないねん。こうやって話してみたら、噂が大げさに広まってるって分かったやろ？」

「うーん、たしかに尾ひれは付いてたけど、小さい尾ひれだったかも」

神代は人当たりの良い笑みを浮かべながら、そんな総括を述べた。

このゼミの共同発表をきっかけに、私と神代は親しくなっていった。ほぼ毎日といっていいくらい、一緒の時間を過ごしていたと思う。片方が忙しくしている時期にも、頻繁に連絡を取り合って、相手の近況を気にかけていた。

今でも神代は、私にとって、他の友人とは違う特別な位置づけになっている。

何を隠そう、後にも先にも、霊の話を自分から打ち明けた相手は、神代だけだ。

神代と知り合って一年が経ち、私たちは大学三年生になった。同級生たちとの会話が徐々に、就職活動の話題で埋め尽くされていく。

そんなある日のゼミ終わり。私たちは空き教室で晩御飯を食べていた。

私が大学構内のコンビニで買ってきたのは、脂コッテリのカップラーメンと肉まんとプリン。それに対して神代の夕食は、海藻サラダ、鶏のささみ、そしてプロテインバー。神代とご飯を食べていると、自分が誘惑に弱い人間みたいに思えてきて、腹が立つ。

「卒業したらどうしよかなー」

私がそんな気の抜けた声を出すと、神代はサラダを頬張りながら答えた。

「普通に就職したら？　あおいは興味ある業界とかないの？」

「一個もなーい」やる気のなさを隠そうともせず、私は即答する。

「じゃあ生活はどうするのさ。もしかして野垂れ死ぬ気？」呆れ半分、心配半分といった様子でこちらを見てくる。

「就活なんかするくらいなら、野垂れ死んだ方がマシやな」やけくそになってそんなことを口走った。「リクルートスーツなんて、死んでも着たないわ」

「そう？　あおいはスーツも似合いそうだけど」

「似合う、似合わないとかやないねん。窮屈そうで嫌やねん。みんなして同じような服着せられてもうて。あんなん、学生を縛りつけるための拘束具やろ」

神代は大きくため息をついた。

「……心配だなあ。正直、あおいが真っ当に会社勤めをしてるところが想像できない。職場の人間関係とか、ちゃんとできるの？」

そこは全く自信がなかった。私が上司やら同僚やらに気を遣って、上手に世渡りなどできるはずがない。親を心配させないためにも、フリーターやニートになるのはできれば避けたいけれど、私に務まりそうな職業など思い当たらなかった。

「前から思ってたんだけどさ。例のおじさんの会社はダメなの？　えっと……小波さん、だっけ？」

小波さんが実は不動産会社の社長らしいということは、神代にも話したことがあった。主に地縛霊絡みの不動産を扱う会社とのことだが、小波さんから詳細を聞いたことはなかった。

「もしかしたら、あおいの体質が活かせる職場かもしれないよ？」

「私の体質を……活かす？」神代の意外な提案に、私は思わずオウム返しをする。

「あおいは特別な才能を持ってるじゃない。霊の声が聴こえる人はいても、ここまで耳がいい人はいないんでしょう？　その才能を人のために使えたら、これまでのあおいの苦労も、ほんの少しだけ報われると思わない？」

そんなことは今まで考えたことがなかった。私を悩ませ続けてきたこの体質を使って、逆に人を助けるだなんて……。

「ほんなら、お前はどうすんの？　どんな仕事がしたいん？」

神代がどんな仕事につくのか、他人事ながら興味を持っていた。

真面目で、体力も無尽蔵、人当たりが良くてコミュ力も高い、おまけにルックスも良いとくれば、彼が輝ける職場はいくらでもあるだろう。

神代は少しの間考え込んでいたかと思うと、おもむろに口を開いた。

「僕は、人と話がしたいかも」

自分の気持ちと向き合うように、ぽつりぽつりと言葉をこぼす。

「話がしたいというより、話を聞きたいって感じかもしれない。困ってるのに、人に打ち明けられなかったり、誰にも耳を貸してもらえないような人の、話を聞いてあげたい」

神代らしいな、と私は思った。人の話を聞いて、相手の気持ちに寄り添う。神代はこの考えで、これまでも周りの人を救ってきたのだろう。

「それってどんな職業なんやろ」私も一緒になって真面目に考える。「カウンセラーとか、心療内科とか、福祉の仕事とか？」

「うーん、どれも僕としては、あんまりピンと来てないんだよね……」

「まあ、お前はどんな仕事でも、どんな職場でも順応できるやろうけどな」

私がそう口にしたそのとき、突然、人ならざるものの呼吸音が聴こえてきた。

どうやら、キャンパス内を霊が移動しているようだ。声の感じからして、以前からキャンパスの洞穴に棲(す)みついていた地縛霊だと思われた。思ったより長くあそこに留まっていたが、ようやく住処(すみか)を変えることにしたらしい。

強制的に流れてくる霊の声に反応して、頭の奥に小さな痛みが走った。

「どうしたの？」神代と視線がぶつかる。

「ん？ いや、このカップ麺、微妙やったなあって」私は咄嗟にそう誤魔化して、チャーシューを箸で持ち上げる。「やっぱさ、チャーシューにこだわらないカップ麺はあかんよな」

神代はなぜか心配そうな顔で、私のことを見つめていた。

神代は用事があるというので、私は神代と別れて、キャンパスを後にした。

街灯が淡く照らす道を、駅へと向かう。あの後も神代と無駄話をしていたせいで、時刻はもう夜の七時を回っていた。あたりにはちらほら通行人が行き交っており、同じ大学の学生らしき姿も見える。

帰路につきながら、私は言いようのない不安に駆られていた。あの声がまだ聴こえているのだ。獣のような呻き声は大きくなっており、頭の奥を針で突くような痛みもどんどん強くなっていく。

もちろん、あたりを歩く人たちにこの声は聴こえていない。ただ一人私だけが、悪霊が近くにいることに気づいている……。

異変に気づいたのは、信号もない小さな交差点に差し掛かったときだった。横断歩道を渡ろうとした先に、悪意のこもった霊気が立ち込めていたのだ。

そこには、背の低い女性の霊が立っていた。淡い黒色の霊気をまとい、ゆらゆらと不安定な歩き方で、横断歩道へと近付いている。霊の行く先には、仕事帰りと思われる人間の女性の姿があった。携帯電話を操作しながら横断歩道を渡ろうとする彼女に向かって、私は叫んだ。

「おい！　後ろや！」

私の剣幕に驚いた彼女は、慌てて後ろを振り返った。しかし、何事もなかったかのようにこちらに向き直り、小さく首をかしげる。そして私に対して、不審のこもった目を向けてきた。霊感が弱いためか、あの霊を認識することができないらしい。

そうしているうちに、霊は彼女のすぐ後ろまで近づいていた。腕を振りかぶり、彼女に襲い掛かろうとするのをみて、私は思わず駆け出す。横断歩道を走って渡りきり、女性の腕をつかんでこちらに引っ張る。

彼女と私の位置が入れ替わる形になり、霊の振り下ろした手が、目の前に……。

「うっっ!!」

右腕に痛みが走り、私は一瞬後ずさった。しかし、すぐに足に力を入れて、踏みとどまる。そして、力を込めて前に踏み出し、渾身の前蹴りを放った。

「なめんなアホがァ!!」

私の蹴りを腹に受けた霊は、うっと呻きながら後方へよろけた。怯えるような目つきで、私をしばらく睨んでいたかと思うと、私とすれ違うようにしてゆっくりと立ち去っていく。

霊が逃げていくのとは反対方向に、先ほど助けた女性が小走りで去っていくのが見えた。おそらく、私のことを不審者だと思って、逃げていったのだろう。あの霊が見えていなかったのであれば、無理もない、か……。

「せっかく、ええことしたのになあ」

そうつぶやいたのと同時に、腕の痛みのことを思いだした。霊気をまとった殴打が当たってしまったらしく、パーカーの袖が破れ、二の腕に深めの切り傷ができていた。暗くてよく見えないが、どうやら出血している。

私は全てがどうでも良くなって、その場にぺたりと座り込んだ。力が抜けてきて、コンクリートの地面に大の字になって寝転ぶ。

ふう、とため息をついて、目を閉じた。背中越しに、コンクリートの冷たい温度が伝わってくる。懐かしい、と私は思った。保健室のベッドの、硬くて冷たい感触が、当時の感情を引き連れて蘇ってくる。

──ああ、やっぱり私は一人なんやなあ。

発した覚えのない自分の声が聴こえる。心の声が頭の中に反響しているような感覚だった。ずっと蓋をして、見ない振りをしてきた、重たい感情が溢れてくる。

──誰もこの辛さは分かってくれへん。霊のこと正直に言うたら、変なヤツや言われてイジメられて。でも、我慢したらしたで、誰にも気づいてもらわれへんやん。

中学に上がってからは、霊の声が聴こえることや、霊の姿が見えることは、周囲に隠すようになった。小学校で嫌な思いをしてから、聴覚過敏の話も誰にもしないようにしている。

声が聴こえて体調を崩すことも頻繁にあったが、悟られないようにじっと耐えた。どうしても耐えられないときは、適当に嘘の理由を見繕って誤魔化していた。

そうやって一人で抱え込んだ方が、上手くいくはずだと信じていた。

──これから先も、私は一人で生きていく運命なんやろなあ。

頭の中に、自分の心の声が響いている。この声を聞いてほしい相手はいるけれど、あいつに届くはずもない。

目の端から涙が溢れてくるのが分かった。

──私はずっとひとりぼっちや……寂しいなあ……悲しいなあ……。

「そんなことないよ、あおい」

目を開けると、神代の顔が目の前にあった。

仰向けに倒れた私の傍らに屈(かが)みこんでいるようだ。

「大丈夫？」

「神代……なんで……」どうして神代がここにいるのだろうか。

「う、嘘……血が出てる……」神代は私の腕の怪我(けが)に気づき、見るからに動揺した。「怪我は腕だけ？」

「たぶんそうやと思う」

「交通事故に巻き込まれたの？　不審者？　それとも……」

「霊や」包み隠さずに言う。「地縛霊にやられた」

神代はその言葉を聞いて冷静さを取り戻したようで、すぐに携帯電話を取り出した。１１９番にかけると、手際よく救急車を呼びつける。

そしてすぐに鞄(かばん)の中からハンカチを取り出し、腕の怪我にあてて止血しはじめた。

「お、おい、血がついてまう」

「そんなこと気にしてる場合じゃないでしょ」

傷の上にあてがわれたハンカチは、神代が普段から使っているものだった。質の良さそうな綿の生地に、私の血がじわりと染み込んでいく。

「ていうか、なんでお前がおんの……？　お前の使ってる駅、こっちちゃうやろ……」

「あおいの様子を見にきたんだよ」神代は当たり前のようにそう話した。「別れたあと、やっぱり心配になったんだ。今日は調子が悪そうだったから、前みたいに体調を崩してるんじゃないかって」

空き教室で話していたときから、気づかれていたのか。今日は上手く隠せていたと思ったのに……。

「なんで分かんねん……すごいなお前……」

そうか、と私は嬉（うれ）しくなった。神代は私を見てくれているのだ。

困っていないか。悲しんでいないか。心細い思いをしていないか。私に限らず、神代はみんなのことをいつも気遣っている。だから、私が一人で抱え込もうとした苦しみだって、神代ならこうやって気づいてくれる——。

「ありがとう、神代」

私が力なく笑うと、神代も柔らかい微笑（ほほえ）みを返してきた。

その後私は、駆けつけた救急車で近くの病院に搬送され、すぐに応急処置をしてもらった。

ひとまず出血は止まったが、傷跡はしばらく残るとのことだった。もちろん霊について説明することはできず、野良犬に襲われたという言い訳をしたため、それ用の抗菌薬を色々と投与された。

一時的に使わせてもらうことになった病室には、小波のおじさんが顔を出してくれた。神代に頼んで、私の携帯電話で連絡を取ってもらったのだ。

事の顚末を話すと、小波さんは心の底から私に同情してくれた。

「それは本当に怖い思いをしたねえ」眉尻を下げると、とても優しい表情になる。「このくらいの傷で済んでよかったよ」

「あんなん一ミリも怖ないわ。蹴り入れたらビビって逃げていきよったで」

「ははは、相変わらずたくましいなあ。怯えてたのは悪霊の方かもね」

小波さんはひとしきり笑ったあと、真剣な顔で語った。

「僕ねえ、今回のことで思ったんだよ。更科さんはそろそろ、身を守るための力を身につけないといけないと思う。前にも言ったけど、霊感の強い人は霊に襲われやすいんだ。僕の親友がその辺に詳しいから、よければ今度紹介するよ。もしかしたら次は、自分が怪我することなく、一般の人を救えるようになるかもしれない」

「人を……救える……」

私は神代に言われたことを思い出していた。私のこの体質を、他人を助けるために使うことができるのではないか。小波さんの会社では、悪霊と戦う除霊師を雇うことがあると聞く。就職先について、後で小波さんに相談してみようか……。

「それにしても彼は、不思議な体質を持ってるねえ」

「彼って？」何のことか分からず、私は首をかしげる。

「ほら、あの神代くんって子。あの霊から攻撃されて、何ともなかったって聞いたよ？」

「はあ？　なんやそれ。そんな話、聞いてへんぞ」

たしかに神代は、あの地縛霊が去っていった方向からやってきた。攻撃を受けても無傷だったということは、もしかして神代も……？

「てかあんた、神代と会ってたんか？　いつの間に……」

「この病院に来るときに、下のロビーで偶然ね。母親の面倒を見なきゃいけないって言って、先に帰っちゃったけど」

そう説明してから、小波さんはニヤリと笑った。顔をしかめている私に、言い訳をするような口調で続ける。

「だってさ、更科さんのお友達だよ？　そりゃ気になるじゃない。更科さんは昔から、友達なんか要らん！　って口癖みたいに言ってたからさあ。学校で上手くやっていけてるのか、ずっと心配だったんだよ」

たしかに昔から私には友達が少なかった。もともとの性格のせいなのか、小学校での経験が原因なのか、人に心を開くこともあまりなかった。そういう意味で神代は、人生で初めてできた親友といえるかもしれない。

「しかし、彼は更科さんのこと、すごく気にかけてるんだねえ」

「そうやねん。あいつはみんなに優しいねん」

「なるほど、なるほど。みんなにねえ」小波さんは意味深にうなずく。

首をかしげる私を見て、小波さんは嬉しそうに笑っていた。

それから一週間が経ったころ。私が右腕に包帯を巻いて現れると、神代はおっと顔を上げた。

「カッコええやろ」と私が言うと、「うん、なんか似合ってる」と喜んでいいか分からない反応が返ってきた。

私は、神代と初めて会ったキャンパス内の小川に、彼を呼び出していた。神代が石でできたベンチに座ったので、私もその隣に腰を下ろす。神代は、包帯に包まれた私の右腕に、好奇の目を向けていた。

「どれくらいで治るって？」

「傷が完全に消えるまでは二週間やって。まあ、実際はその倍はかかるんちゃうかな」

小波さん曰く、霊からの攻撃で受けた傷は、普通の傷より治りにくいものらしい。医者の診断よりも、完治まで時間がかかる可能性が高いそうだ。

「それで？　用事ってなあに？」

私は鞄の中から、綺麗な包装にくるまれた、箱型の品物を取り出した。どうやって渡したらよいか分からず、腕の中に押し込むようにして、神代に手渡す。

「なあに、これ？」

「……開けたら分かる」

説明するのが気恥ずかしくて、私はぶっきらぼうにそう言った。

神代が包装紙を丁寧に剝がし、中の箱の蓋を開けると、藍染のハンカチが姿を現した。

神代は目を丸くして、ハンカチを手の中で広げる。

「いや、ほら、お前のハンカチ、私の血いついて使えなくなってもうたやろ。代わりっていうたらアレやけど、ちょっとええとこで買ってきたから、それ使いや」

「つまり、これ、僕にくれるってこと？　プレゼント？」

　このハンカチは、退院後すぐに、ハンカチの専門店に行って購入したものだった。無数に並べられたハンカチの中で、一時間ほど悩みに悩んだ末、この柄を選んだ。

「この葉っぱは、何の植物だろう？」一見無地のように見えるが、隅の方に小さな植物の柄が縫い込まれているのだ。「可愛い。トランプのスペードみたいな形の葉っぱだね」

「んー、そうやな、何やろな。分からん」

　気恥ずかしさが頂点に達してしまい、私は神代から目を逸らした。

　購入後の店員との会話の中で、それが葵の葉であることを知った。それを聞いたときは、返品して別のハンカチに変えてもらうか、少しだけ迷った。自分の名前の柄のハンカチを渡すことに、何か特別な意味が含まれないか、気になってしまったのだ。

　それと、もう一つ。その店員から言われた、「ハートマークみたいで可愛いですよね」という言葉も引っ掛かっていた。

　そんな私の複雑な感情も知らずに、神代は無邪気にハンカチを眺めている。

「これ、すごくカッコいいよ！　和柄も僕好きだし、色も落ち着いてて使いやすそう。あおいって、意外とこういうセンスあるんだなあ」

「意外と、は余計やろ」

「意外と、こういう気遣いもできる人なんだね」

「だから、余計やねん」

神代の嬉しそうな顔を見て、照れていた自分が馬鹿らしくなった。これだけ喜んでもらえたなら、悩んで選んだ甲斐があるというものだ。

「あおい、ありがとう」神代はまっすぐな目をして言う。「大切に使うよ」

「ありがとうは……こっちのセリフや」

照れが薄れてくるのと同時に、神代への感謝の想いが込み上げてきた。

「神代、改めて言わしてくれ」私は彼の方へと向き直った。「助けてくれて、ほんっっっっまにありがとう」

私が頭を下げると、神代はいつもと変わらない笑みを浮かべた。

「よかったよ、僕の嫌な予感が当たってて。まあ、僕が来なくても、他の誰かが助けてくれてたと思うけど」

そうではないことを、神代は知らないのだ。

私も含めて、人というのは、神代のように優しくはない。誰かが苦しんでいても、自分に利害がなければ関心をもたない。困っている人がいても、見て見ぬフリをするのが普通の感覚だ。だからこそ、神代のように振る舞える人間が、私にはとても輝いて見える。

「あとね、これは言おうか迷ってたんだけど……僕があのとき駆けつけられた理由は、もう一つあったんだ」

「理由？　なんや？」

「あおいの声が聴こえたんだよ」

「声が、聴こえた？」

意味が分からず、私はオウム返しをする。神代は静かにうなずいた。

「私はずっとひとりぼっちや、って。すごく悲しそうな声だった。あおいのあんな声、初めて聴いたよ」

私の声が、神代に聴こえていた？

たしかにあのときは、自分の心の声がやけにクリアに聴こえていた。しかし、私は声を発していない。口から出していない声が、どうやって神代に届いたというのだろう？　私にはまだ、自分でも知らない力が備わっているのだろうか？

いずれにしても、あの心の声を聴かれていたのは恥ずかしすぎる。普段は他人に絶対に話すことのない、自分の一番弱いところを見せてしまったのだ。しかもあろうことか、あのとき思い浮かべていた、神代本人に――。

私が羞恥心に襲われていることも知らずに、神代は言葉を続ける。

「前に話してくれたよね。あおいの小学生の頃のこと。その体質のせいで、ずっと嫌な思いをしてきたことも知ってる。今もその傷が残ってるってこと、気づいてあげられなくてごめん。本当に、ごめんね」

罪悪感のようなものを抱えているのか、神代は泣きそうな顔をしていた。

「でも、今は一人じゃないからね。僕がついてるし、小波さんだっているでしょう。だからもう、ひとりぼっちで寂しいなんて、言わないでほしい。何か辛いことがあるなら、一人で抱え込まないで、僕に打ち明けてほしい。お願いだから」

神代の潤んだ瞳に誘われて、私の中にも熱い感情が込み上げてくる。

私は彼に救われているのかもしれない、と思った。

神代の前では、一人で抱え込もうとしても無駄だ。私が痛みを隠そうとしても、こいつはそれを一緒に抱えて、一緒に乗り越えようとしてしまう。ずっと周りから苦悩を理解されてこなかった私にとって、それは心の底から嬉しいことだった。

「ありがとう……ほんまにありがとう……」

涙がこぼれてきた。人前では泣かないと決めているのに、大粒の涙が勝手に流れてしまう。

「お前は……アレやなあ……やっぱりちょっと変なヤツやなあ」

「え、この感動的な場面で、その感想？」

「お前が困ったときは、いつでも言うてや。次は私が助ける番やから」

泣きじゃくりながら言った私の言葉に、神代は微笑みながらうなずいた。

＊

「言うてやって、言うたやん」

私が不満げに放ったつぶやきは、狭い車内にしばらく漂っていた。うまく聞き取れなかったのか、運転席の神代は「うん？」とこちらに首を向ける。

私は顔を背けて、窓の外を流れる景色の方へ視線を逃がした。コンビニを出発してから三十分が経ち、外の景色は既に都会の街並みへと変わっている。

私は神代に救われた。神代のおかげで、この体質を前向きに捉えることができるようになった。長年抱えていた孤独感のようなものも、かなり薄れてきたと思う。

だからこそ、考えてしまうのだ。

私は神代の助けになっているのだろうか。神代の痛みに寄り添えているのだろうか。彼からもらった分を、少しでも返せているのだろうか。こんな密かな私の葛藤に、おそらく神代は気づいていないないだろう。

「何でもないわ、アホ」

視界の端の神代は、不思議そうな顔で私を見ていた。

# 第四章 弊社の事情

真っ暗な玄関に足を踏み入れてすぐ、思わず足が止まる。靴を脱ぐことも忘れて、私は下駄箱の傍らで立ち尽くしてしまった。

その様子から異変を察したのか、神代が灯りの点いていない廊下を引き返してきた。私の顔を覗き込んで、心配そうに尋ねてくる。

「あおい、どうかな？」

私は集中を高めて、より広範囲の音を拾おうとするが、結果は変わらなかった。神代の方を見て、首をゆっくりと横に振る。

「お前の悪い予感、当たってもうたんやろか」

館の中からは、カノンの気配が感じられなかった。二階の音もくまなく探索してみたが、やはり何の物音もしない。

「まさか、本当に？　僕たちが顔を出さなかった、この二週間の間に……」

神代が不安そうな表情で私の方を見る。

カノンの館に立ち寄りたいと言い出したのは、神代だった。カノンの歌声が聴こえなくなったという遠野の話を聞いて、彼女の様子を確認したくなったらしい。時刻はもう二時を回っており、運転をしていた神代はもちろん、私も疲労困憊ではあったが、たしかに気がかりだったので反対はしなかった。

遠野は、カノンが除霊師に除霊されてしまったのではないかと心配していたが、私たちはその心配はしていなかった。除霊師が誰からの依頼もなく、他人の案件に首を突っ込んで除霊を行うことなどない。この館のオーナーから依頼を受けた私たちの他に、この館へ除霊師が立ち入ることは考えにくい。

私たちが想像しているのは、もう一つの可能性――カノンが、他の霊から攻撃を受けた可能性だった。悪霊に攻撃され、そのダメージが限界に達すると、霊は力を失って消滅してしまう。

大掃除のときに耳にした、あの悪霊の声が気がかりだった。声の発信源は近くではなかったが、用心するに越したことはない。聴覚のコントロールが上手くなった今の私を、一瞬でも参らせるほど、強力な悪霊だったということなのだから。

「あのとき、悪霊の対処法をきちんと教えておけばよかった……」

「大丈夫や、あの子の霊気は強力やから。もし悪霊に襲撃されたとしても、そう簡単にはやられへんやろ」

神代を安心させるためにも、強い言葉でそう言い切る。私の言葉を聞いて、神代の表情が少しだけ和らいだ。

すると、フローリング張りの廊下から、人の頭がぬっと浮かび上がってきた。

床をすり抜けて現れた間宮(まみや)さんは、無言で私たちの顔を交互に見る。私たちに尋ねるまでもなく状況を理解し、冷静な口調で私たちに声をかけた。

「彼女は外を出歩くタイプなのか？」

「どうやろな。少なくとも、館の外に出たって話は今まで聞いたことないけど」

「あたりは住宅街だ。こんな時間に捜索すれば近隣から不審がられる。まずはこの家で待とう」

館で待機している間に、室内を簡単に見回ることにした。もしカノンがこの館の中にいるなら、私の耳がその気配を捉えられないはずはない。それでも、部屋の中に何か異変の跡が遺(のこ)されていないかどうかは、確認しておいた方がよいだろう。リビング、寝室、物置き、防音室――広い館の各部屋を三人で順に確認する。

二階のカノンの部屋に、間宮さんが先頭になって足を踏み入れた。私と神代も、スマートフォンのライトを点けながら後に続き、部屋の中を調べる。

「ここにもいないようだな」

間宮さんが冷静にそうつぶやいた。たしかにカノンの姿は見当たらない。それでも何か異変がないか、念のため室内を調べてみる。

私のスマートフォンのライトが、壁際に置かれたピンクのチェストを照らし出した。チェストの隅の方には、小さなテディベアがちょこんと座っている。大掃除の日にも、その落ち着いたデザインに違和感を覚えたことを思い出した。

持ち上げてみると、テディベアはそのお尻に、小さな長方形のカードを敷いていた。私はテディベアをチェストに戻して、そのカードを手に取ってみる。ピンク色のペンで縁取りされた可愛いメッセージカードに、女の子らしい文字が綴られていた。

『ママ、いつもありがとう。小さい頃、ママが聴かせてくれた歌が、今でも私の宝物です。お願いだから、いつまでも元気でいてね。大好きだよ』

カードの裏面を見ると、同じ筆跡で『Happy Mother's Day』と書かれている。母の日に美羽に贈るプレゼントだったのだろう。あの痛ましい事件は五月の頭に起きたと聞いている。このテディベアやメッセージを、美羽に手渡すことができないまま、カノンは命を落としてしまったのかもしれない。

「カノンちゃん……」

傍らの神代の口から、震え混じりの声が漏れた。いつの間にか、私の後ろからカードを覗き込んでいたらしい。

私は、カノンが以前、美羽について不満を漏らしていたことを思い出した。あれは彼女の本心だったのだろうか？

近所に住んでいる遠野がよく目にしていた美羽とカノンは、仲睦まじい母娘だったという。そして、この心のこもったプレゼントだ。もしかすると今は、あの強盗事件の直前にしたという喧嘩が、美羽に対する負の感情を強調しているだけなのではないか？

大切な人に向かって、会いたいと訴えかけているようだった——遠野はカノンの歌声をそう表現していた。やはり彼女は美羽のことが恋しくて、毎晩あのピアノの部屋で歌いつづけていたのだろうか——。

私の中に芽生えていた、一つの違和感が、その存在を主張しはじめた。神代にもまだ共有したことのないその小さな疑念は、今や無視できないくらいに大きくなっている。どこかで神代の意見を聞いてみたい、と私は思った。

神代の方を振り返ると、彼はメッセージカードをじっと見つめながら、泣き出しそうな表情を浮かべていた。


「心配するな」

館の中にカノンがいないことが分かり、一階のリビングに戻ってきたときだった。明らかに余裕を失っている神代に、間宮さんが声をかけた。

「地縛霊が屋外に出歩くなんて、よくあることだ。人を驚かせないようにとか、騒ぎを起こさないようにとか、普通、そんなことには配慮しない」

「それって、元地縛霊としての経験談？」

私が尋ねると、間宮さんは「それも含めて、だ」と答えた。

「霊ってのは身勝手なものだからな。人間側の事情なんかお構いなしさ。むしろ、ああいう地縛霊の方が珍しい」

「今日の、遠野さんのことですか？」

私の問いかけに、間宮さんはうなずく。眉間に皺を寄せて、足もとをじっと見つめていた。

「ああいう地縛霊を見ていると、情けない気持ちになる」

間宮さんがそれきり黙ったので、神代も足を止め、間宮さんの方へ目をやった。二人で次の言葉を待っていると、間宮さんの重たい口が開いた。

「昔の自分が恥ずかしくなるんだよ。地縛霊だった頃、俺はたくさんの人たちに迷惑をかけた。あれだけ生者のことを思いやれる霊は珍しい。尊敬するよ、素直に」

間宮さんは今から十五年ほど前、もちろん私たちと知り合うずっと前に、交通事故で亡くなっている。間宮さん本人の口から聞いたわけではない。それはいつか、社長に教えてもらったことだった。

社長と間宮さんは大学の同級生で、学生時代から親友といえるような仲だったという。大学卒業後は、中規模の不動産仲介業者に入社し、営業の同期として切磋琢磨するようになった。入社して数年経った頃、二人は、東京の小さな店舗に同時に異動になったそうだ。

その頃の想い出を、社長は嬉しそうに語っていた。

「あの頃が一番楽しかったよ。人生で一番充実した時間を過ごしてたと思うなあ」

顔を赤くした社長は、間延びした口調でそう言った。

一年くらい前、本社の小さなソファーに座り、神代と三人で晩酌をしていたときだ。たしか何かの案件の打ち上げだったと思う。どういう流れか、話題は社長と間宮さんの想い出話になっていた。

「十畳くらいの小さな店舗だった。建物自体も古くてね。裏に小さな事務所があるんだけど、そこが狭くてさ。僕と間宮がギリギリ座れるくらいの、ちっこいソファーが置いてあるだけの、本当に粗末なもんだった」

「なんだか、ここと似てますね」

神代は本社の狭い室内を見回して言った。社長は気恥ずかしそうに、ふふふ、と笑みを漏らす。

今やさざなみ不動産は、従業員数も十数名に上り、零細事業者という規模から脱しようとしている。特にここ数年は、地縛霊と和解交渉ができるという特色が評判を呼び、会社全体の売上げも大きく増加していた。

今の事業規模からすると少し手狭に感じるこの本社を、社長があえて残しているのは、その頃の想い出と関係しているのかもしれない。

「その店舗は人手不足でさ。そこに来た案件は、僕たち二人だけで回さなきゃいけなかったんだ。その頃は二人とも、朝から晩まで働きどおしだった」

「いやいや、社長は今でも働きどおしですよ」

いつか神代の口から聞いたことがある。社長の身でありながら、ときに自ら現場にも出て休みなく働く社長に、彼は尊敬を寄せているらしい。

「間宮の方が僕より優秀だったんだ。あいつは体力もあるからね。営業成績は入社以来ずっと良くて、社内の表彰者に選ばれたこともある。そのときは正直悔しかったけど、お祝いに僕からも腕時計をプレゼントしたんだ」

「十五年ほど前っていったら……社長と間宮さんは二十七歳くらいの歳やんな？」

「そうだね。ちょうど二人と同じくらいの歳。責任ある立場を任されるようになって、与えられた裁量も増えて、毎日成長を感じてたよ。あいつもたぶんそうだったんじゃないかな」

社長はウィスキーの入ったグラスを手の中で傾けた。カラン、と氷どうしのぶつかる音がする。

「夜九時くらいになると、だいたい仕事が一段落してくるんだ。お互いヘトヘトなはずなのに、毎日のように、狭い事務所でお酒を交わしてた。本社に内緒で、二人で折半してちっちゃい冷蔵庫を買って、そこでお酒を冷やしたりしてさ」

社長の視線の先には、デスクに置かれた写真立てがあった。色褪せつつある写真の中で、若き日の二人が肩を組んで笑っている。

「仕事のこととか、将来のこととか、色々語り合ったよ。お互い独身だったし、人生に対する不安も期待も膨らんでたから、それを二人で共有してたって感じだね。それでも、これから色んなことがうまく運んでいくはず……僕はそう信じてた」

話題は次第に、その日のことへと移っていった。

その店舗での勤務も二年目に突入したころ。いつものように終業後に二人で酒を飲んでいたところ、間宮さんはとある物件のオーナーから急な呼び出しを受けたらしい。既に十時を回っており、間宮さんはお酒も入っていた。それでも、ちょっとした書類のやり取りだから、電車で向かうといって出掛けていった……。

「帰ってこないんだよ。一時間経っても、二時間経っても」

社長の心細い声が脳内で再生される。

「携帯に電話しても出ない。荷物は事務所に置いてあるから、直帰したわけでもない。なんだか悪い予感がして、その日は事務所にずっと残ってたんだ。そのうち日付が変わってしまったけど、事務所で待ち続けた。その日は初めて、事務所に泊まったよ」

しばしの沈黙の後、社長の口がようやく開いた。

「……あいつが交通事故に巻き込まれて死んだって知ったのは、翌朝だった。見通しの悪い交差点に、貨物トラックが強引に進入してきたんだって」

悲しい想い出を忘れ去ろうとするように、社長はくいっとウィスキーのグラスを飲み干した。

「即死だったそうだ。交差点には、つぶれてしまった間宮の体と、ベルトの切れた腕時計が落ちてたらしい。僕があげた腕時計を、あいつはいつも付けてくれていたから」

この夜、酒に強い社長が、泥酔するところを初めて見た。神代と一緒に社長を担いで、タクシーで自宅まで送り届けたことを覚えている——。

「事故から一ヵ月経って、俺は霊として蘇った」

間宮さんはキッチンのそばに佇みながら、淡々と語った。

「しばらくアテもなくフラついてたが、あるとき、学生時代に住んでたアパートを見つけたんだ。そこに勝手に棲みついて、しばらく暮らしてた」

間宮さんは広々としたリビングとダイニングを見渡していた。自分が棲みついていたアパートと比べているのかもしれない。

「死後、自分の住居に帰ってくるパターンですね」

業界の噂によると、地縛霊物件の約半数がそのパターンだと聞く。生前の生活と全く所縁のない物件に居座る地縛霊は、あまり多くない。

「後学のために知りたいんですが、生前に住んでいた家に戻ってくるというのは、どういう心境からなんですか。やっぱりその方が、気持ちが落ち着くんですか」

「そう……だな……うん、そうだと思う」当時のことを思い返しているのか、噛み締めるような声で間宮さんは言った。「自分の体がこんな風になってしまって、頼れる相手もいなくて、あの頃はとにかく心細かった。だからせめて、自分が生活する環境だけでも、馴染みある場所を選びたかったんだろうな」

「想像しかできませんが、気持ちは分かります」神代は真剣な顔で言った。

「ある日、アパートの住人に姿を見られたのをきっかけに、複数の除霊師から追いかけまわされる生活が始まった……。あん時は、なんで俺の家なのに、追い出されなきゃいけないんだと本気で思ってたね。全力で抵抗もした。その中で、何人かの除霊師を傷つけてしまった」

「だから遠野さんのことを、尊敬するとおっしゃったんですね」

「ああ。自分の事情ばかり考えていると、結局は自分を含めて、全員を不幸にしてしまう。お前たちはよく分かってるだろうがな。俺はそのことに気づくのが遅すぎた」

間宮さんのつぶやくような声は、静けさに満ちた館の中にしばらく漂っていた。

館で待機しはじめてから、そろそろ一時間が経とうとしたころ。

カノンが帰ってくる気配は全くなく、私たち三人の中に、今日は帰って出直した方がよいのでは、という空気が漂いはじめた。

「最後に、この館の周辺を少しだけ捜索してくる」

間宮さんがそう言って床下へ潜ろうとするので、私と神代も立ち上がった。間宮さんは「俺一人でいい」と私たちを制止する。

「俺の方が捜索できる範囲が広い。それに、お前たち二人は揃(そろ)ってた方がいいだろ？」

そう言って間宮さんは、フローリングの床を通り抜けて、地面の下へと消えていった。

私と神代は、ソファーに並んで腰かけたまま、真っ暗なリビングの中に取り残される。

神代の様子を横目でうかがってみると、唇をぎゅっと結んでおり、やはり落ち着きがなかった。

「えらい過保護やん？」

私がそう切り出すと、神代はハッとしてこちらに顔を向けた。

「過保護って、僕が？　カノンさんに対してってこと？」

「うん。ちょっと館からいなくなったからって、取り乱しすぎやろ。お前、将来娘ができたら、溺愛しすぎてウザがられるタイプやな」

「……ちょっと自覚あるんだから、やめてよ」

「否定せんのかい」

そう言って私が笑うと、神代もつられて笑った。少し緊張がほぐれてきたようだ。

「お前、知ってるか？　仕事って、仕事なんやで？」

「どういう意味？」神代は目を丸くする。

「業務として割り切るのも大事ってことや。交渉相手に感情移入しすぎたら、しんどくなってまうやろ。お前みたいな、共感力の強いやつは特に」

「……そうかな……そうなのかもしれない」

思いのほか深刻なトーンで神代は言った。自分でも思い当たるところがあったのかもしれない。

「カノンちゃんはたしかに不安定な状態や。霊になった経緯も悲惨やし、心配に思う気持ちも分かる。お前の場合、母親のこともあるしな」

この案件が始まってから、神代に熱が入りすぎていないか、ずっと心配に思っていた。自分とカノンを重ね合わせて、感情移入しすぎているように見えることがある。神代の優しさは、交渉相手が深刻な事情を抱えている場合、諸刃（もろは）の剣になってしまうのかもしれない。

「やけど、私たちの仕事はあくまで、オーナーからの依頼を達成することや。あの子の不安を、全部丁寧に取り除いてあげる必要はないねん。霊の負の感情を、どうにか解消してあげたいっていう、お前の理想は素晴らしいことやと思う。でもさ、それでお前自身がナーバスになってもうたら……その……ほら……仕事にならへんやろ」

本心では、仕事のことより、神代が追い詰められてしまわないかが心配だった。交渉相手の事情を汲み取ってあげようとするあまり、彼の心が参ってしまうのではないか――。

「……うん、そうだよね。たしかにそうだ」神代は自分に言い聞かせるようにして、小さくつぶやいた。「これからは気をつけるよ。あおい、いつもありがとう」

「はいよ、どういたしまして」

「なんか、先輩みたいだね」

「いや、会社では先輩やねん。しかも二年な」私は即座にツッコミを入れる。「二年ってデカいで。ハムスターやったら寿命を全うしてるからな」

「あおいは本当に見違えたよね」感慨深げにそうつぶやく。「学生時代のあおいは尖ってたから、社会に溶け込めるのか心配だったけど、こんな立派な社会人になってさ。僕はすごく嬉しいよ」

「なんでお前って時々、親目線なん？　先輩、後輩とか通り越してもうてるやん」

楽しそうに笑っている神代を見て、私も思わず笑みをこぼす。最近の神代は張りつめているように見えたので、その笑顔に少しほっとした。

しばらく他愛もない雑談を続けていると、私の地獄耳が小さな違和感を捉えた。不穏な霊気を察知し、さらに聴覚を研ぎ澄ませる。

強い負の感情をまとった悪霊が、地中深くから、この館の方へと向かってくるのが分かった。深く潜っていても感じ取れるほどの、妖しくて強烈な霊気。それは一定の速度を保ちながら、浮上しつつまっすぐこちらに向かっていた。

間違いない、大掃除のときに声を聴いた悪霊だ。一度聴いた声を、私が忘れることはない。

「神代、気いつけや！　力の強い悪霊がこの部屋に近づいてきてる！」

そう叫んだのも束の間、庭に面した壁の下の方から、それはゆっくりと現れた。

灰白色の煙のような霊気が、壁と床を貫通して入り込んできた。やがて室内に充満した煙の中に、人の形をした黒々としたシルエットが見える。

私たちの姿を確認するや否や、その霊は煙をまといながら、急速に距離を詰めてきた。私が咄嗟に左にステップして避けると、その動きで煙がふわっと舞い上がる。煙がまとわりついた右足に、ほのかな温度を感じた。

「あおい!!」

私を助けようと駆け寄ってくる神代を、私は「大丈夫や！」と大声で制止した。

「お前は助けを呼んできてくれ！　間宮さんを捜すか、社長に電話してもいい！」

神代には除霊する力がない。交渉以外の場面で、神代にできることはないのだ。私の言葉を聞いた神代は、すぐに玄関の方へと駆けていった。それを見届けてから、改めて目の前の異形の悪霊と向き合う。

灰色の煙の中から、悪霊が呻く声が聴こえる。煙の奥には、青白く光る瞳の色がぼんやりと浮かび上がっていた。二つの瞳は明らかな敵意をもって、私のことを睨みつけている。

「私たちはあんたの敵やない！　ここから立ち去ってくれ！」

大声で叫ぶが、応答はない。もう一度こちらに突進してくる気配を感じて、私はさらに聴覚を研ぎ澄ました。

悪霊が煙の中から姿を現した瞬間、私はまたステップをして横側に回り込んだ。霊から一歩離れた場所に立って、右手に周囲の音を集約させる。手を銃の形にすると、素早く悪霊の耳の位置にあてがった。

次の瞬間、悪霊は〝雑音砲〟の衝撃をもろに食らって、壁のあたりまで吹き飛んだ。

望みは薄いが、何とか言葉を届かせようと、霊に向かって訴えかける。

「この館から出ていってくれ！　あんたに危害を加えるつもりはないんや！」

その叫び声が何かに吸収されて消えていったような感覚に陥り、ようやく辺りの違和感に気がついた。霊を取り囲んでいる煙が渦のような形になり、私を取り囲んでいたのだ。周囲の煙からは、火にあてられたような熱気を感じる。

それに気を取られているうちに、悪霊が私の目の前までやってきていた。人間と同じような形の大きな腕が伸びてきて、私は首元を片手で鷲掴(わしづか)みにされた。

「うっっっ!!」

掴まれた首が焼けるように熱かった。何とかしてその手を外そうともがくが、握力が強くて引き剥がすことができない。呼吸が難しくなり、首の皮膚は今にも溶けてしまいそうなくらいに熱い。

意識を失いそうになったそのとき、悪霊の腕を、さらに一回り大きい腕が掴んだ。腕ががっしりと鷲掴みにされて、徐々に私の首から引き剥がされていく。完全に手が首から離れると同時に、聞き覚えのある低い声を聴いた。

「すまんが、出て行ってくれないか」

間宮さんは落ち着いた様子で、悪霊の顔を見据えている。

「ここはあんたの棲(す)むべき家じゃない」

霊はゆっくりと首を動かして、リビングから続いている廊下の方へと目を向けた。

玄関先からこちらを覗(のぞ)き込んでいたのは、なんとカノンだった。彼女は靴脱ぎ場のあたりに浮遊しながら、怯え切った顔でリビングの状況をうかがっていた。

違う、と間宮さんが、優しさと厳格さを兼ね備えた口調で言う。

「彼女の家でもない。この家にはもう、人間の持ち主がいるんだ」

悪霊は曖昧に首を傾げたかと思うと、私の方に伸ばしていた腕をゆっくりと下ろした。

人間の私が言うよりも、同じ霊の言葉の方が説得力をもつのかもしれない。徐々に、室内に満ちていた灰色の煙が薄くなっていく。

悪霊はふわりと緩やかに上昇し、壁をすり抜けて部屋の外に出て行った。上空に飛び上がったかと思うと、やって来たのとは別の方角に猛スピードで去っていく。

「怪我はないか？」

間宮さんの落ち着いた声に、私は無言でうなずく。首のあたりを触ってみるが、火傷を負っている様子はない。

「ありがとうございます……カノンちゃんも一緒やったんやな」

「ついさっき、この館から少し離れた上空で、この子を見つけたんだ。館に連れて帰ろうとしたら、入れ違いで神代が玄関から出てきたから、何事かと思ってな」

そのとき、玄関の扉が開く音がした。室内に入ってきた神代は、私の姿に気づくと、心配そうにリビングに駆け入ってくる。

「あおい！　大丈夫だった⁉」

「大丈夫やで。あの悪霊、けっこう強かったなあ。強烈な霊気が漏れ出して、煙をまとってるように見えたわ」

「でも、痕、残ってる……」

神代が深刻な声を漏らして、まだ熱の余韻が残っている私の首筋に、優しく触れた。たしかに、悪霊に摑まれた箇所に、手の形をした痣のような痕がついている。

それを見た私の脳裏に、大学時代の神代にまつわる記憶が蘇った。神代の頭にも同じことがよぎったのかもしれない。その記憶を振り払うように、私は明るい声を出す。

「大丈夫や、こんなんすぐ治るやろ。ほら、フード被ったら目立たなくなるし」

私はパーカーのフードを被って見せるが、神代は心配そうな表情を崩さなかった。「無理はしないでほしい。頼むから」と彼は思いのほか切実な口調でこぼした。

「僕の理想にあおいを巻き込むわけにはいかない。僕は悪霊が相手でも対話を試みるポリシーだけど、あおいがそれに合わせる必要はないよ」神代は諭すように言った。「社長も前に言ってたでしょう？　対話ができそうにないときは、現場の判断で除霊しても構わないって」

除霊師の世界では、先ほどのような私の対応は異常だ。普通の除霊師であれば、〝雑音砲〟を当てたあと、すぐさまあの悪霊に追撃を入れて、そのまま除霊しにかかっていただろう。

少なくとも、神代とコンビを組む前の私なら、迷わずそうしていた。相手と対話を試みるというのは、貴重な攻撃のチャンスを捨て、自らの隙を晒す、危険な行為でもあるのだ。

「僕には霊の攻撃が効かないけれど、あおいは違う。少なくとも僕は、会社や僕のポリシーなんかより、あおいの身の安全が最優先だと思ってるから」

神代から「分かった？」と真剣な目を向けられて、私は無言でうなずいた。

そんなやり取りをしていると、カノンがおそるおそるといった様子でリビングの方へやって来た。まだ辺りを警戒しているのか、普段よりもかなり高い位置、天井近くで浮遊している。

「……とにかく、カノンさんが無事でよかった」神代が落ち着きを取り戻し、カノンに声をかける。「悪霊に襲われてしまったんじゃないかと、心配していたんです」

神代が胸を撫でおろしながらそう言うと、カノンは「すみません」と申し訳なさそうに口にした。

「実は、夕方にもあの化け物が来たんです」カノンが震える声で訴えかけてくる。「そのときは何とか撃退できたんですけど、すごく怖くて、ずっと館の外に避難してたんです。

あれは一体、何なんですか……？」

「あれが悪霊です。負の感情が強まった霊の、成れの果て、ですね」神代が淡々と説明する。

「あれも私と同じ……幽霊なんですか？」

「そうです。彼ももともとはカノンさんのような、善良な霊だったのかもしれません。しかし今はもう、霊気を宿すもの──つまり霊と人間を、感情に任せて襲うだけの存在になってしまいました」

「私もいつか、ああなってしまうんでしょうか？」

切実な目で尋ねてくるカノンに対し、神代がなだめるように声をかけた。

「大丈夫です。負の感情が強くならない限り、悪霊にはなりません。カノンさんが健全な心を保てていれば、全く心配はありませんよ」

「そう……なんですね……分かりました」

そうつぶやいた後、カノンはハッとした表情で顔を上げる。

「す、すみません、お礼を言えてませんでした。神代さん、あおいさん、助けてくださって、ありがとうございました」

「いや、あいつを追い払ってくれたのは間宮さんや。お礼言うなら、間宮さんに言い」

「間宮さんとおっしゃるんですね。さっきはありがとうございました……声をかけてもらったときは、失礼な反応をしてすみません」

館から少し離れたところの上空で、間宮さんはカノンを発見し、保護しようとしたらしい。ところが、間宮さんから話しかけられたカノンは、必死で間宮さんから逃げようとした。神代と私の名前を出して、状況を説明したところ、ようやく信用してもらえたそうだ。

「さっきのみたいな、悪い幽霊に絡まれたのかと思ってしまって……」

「……俺の方こそ、悪人ヅラですまなかった」

ぷ、と私が噴き出すと、間宮さんの鋭い眼光が飛んできた。

「まあ、あの様子なら、この館にはしばらく寄り付かないだろう。今日と同じように、嫌な気配を感じたら館の外に退避するといい。他の悪霊が今後、寄り付かないとも限らん」

カノンが不安がっているのを察して、私が補足する。

「人の多い場所には、霊が集まりやすいねん。住宅地に棲みついてる限り、ああいう悪霊に襲われる危険性は、どうしても高くなってまう。私たちが引っ越しを勧めるのには、そういう理由もあんねん」

「そう……なんですね」カノンは神妙な面持ちでうなずいた。

さて、と神代が、深刻になった空気を変えるように手を叩いた。

「時間も時間ですし、今日のところはお暇しますね。こんな深夜に館から話し声が聞こえていたら、ますます幽霊屋敷の噂が広まってしまいます」

「こんな時間に、本当にありがとうございました」

カノンは何度も感謝の言葉を口にしながら、私たちを玄関まで見送ってくれた。

彼女が私の首元の痣を気にしている様子だったので、「気にせんといて」と声をかける。

「こんなんすぐに治るから。除霊師にとっては日常茶飯事や」

支度が整い、神代が玄関のドアノブに手をかけたとき、間宮さんが改まってカノンに言った。

「俺は、君がここに居座ってることを、非難できるような立場じゃない。正直に言うと、君が完全に間違ってるとは思えないんだ。自分のこれからの生活に不安を抱く気持ちは、痛いほど分かるから」

間宮さんの表情は切実だった。

「ただ、俺たちが間違ってるわけでもないんだ。人間にも人間の事情がある。どうか、そのことだけは忘れないでほしい」

カノンは少し戸惑いながら、小さく首をうなずかせた。

深夜の閑散とした路地裏を、二人分の足音を鳴らしながら、三人で移動する。

私たちはカノンの館を後にし、さざなみ不動産の本社へと向かっていた。間宮さんが私たちに話したいことがあると言うので、一度本社に立ち寄ってから解散することになったのだ。

灯りのない狭い通りを歩きながら、私は先ほどまでの出来事を整理していた。

「悪霊が寄りついてるかもっていう、神代の悪い予感は的中したけど……結局、カノンちゃんが歌をやめた理由は分からんかったな」

「そうだね」と神代は即答した。私と同じことを気にしていたのだろう。「何か心境の変化があって歌うのをやめたか……もしくは遠野さんの勘違い……ってことなのかな？」

遠野がいうにはカノンの歌には、大切な人に会えない寂しさや苦しみの感情が込められていたらしい。その歌をやめたということは、彼女の中の負の感情が薄れている証拠なのかもしれない。

「最後の発言は……余計だったかもしれないな」間宮さんが隣で申し訳なさそうに口にした。「担当はお前たちなのに、出すぎた真似をしてすまない」

間宮さんは全身を地面の上に出したまま、私たちと並んで移動している。この路地はもともと人通りが少ないため、深夜四時を回ったこの時間帯であれば、人から目撃されるリスクはほぼない。

「そんなことはないと思います」神代が前を向いたまま答えた。「かつて地縛霊だった間宮さんの言葉は、彼女にとっても重みを持つと思うので。それに、どちらも間違っていないっていうお言葉は、本当にそのとおりだと思うんです」

その声には力がこもっている。

「地縛霊たちは、人間に迷惑をかけるために、物件に棲みついているわけではありません。色んな明渡し交渉を担当する中で、そのことを改めて認識しました。霊として蘇った直後は、ただでさえ不安や混乱を抱えているんです。せめて自分の環境だけでも、馴染みある場所を選びたいというのは、自然な気持ちだと思います」

「だが、この世界のものは人間の持ち物だ。俺たちは人間界のものには触れない。人間の持ち主がいる以上、そちらが優先されるべきという理屈は変わらない」

だからこそです、と間髪を容れずに神代が言う。

「どちらも間違っていないからこそ、話し合うことが大切なんです。相手の気持ちを理解する努力をしない限り、不幸な人や、不幸な霊は生まれ続けます」

「お前らの地道な説得で、あの少女もきっとそのことに気づいてるはずだ」私たちを励ますためか、間宮さんはそんな言葉をかけてくれた。「俺は物件の下見のときに彼女を一度見ているが……あの頃より、表情が明らかに柔らかくなったよ。お前たちが心を砕いて、話し合いを続けてるおかげだと思う」

「そういえば間宮さんは、どうして考えを改めるようになったんですか？」神代が尋ねる。

「除霊師に抵抗して、自分の居場所を守ろうとしていた間宮さんが、今のような考えになるきっかけは何だったんでしょう」

「それは、あいつのおかげだよ」

「あいつって？」

私の問いかけに対して、間宮さんは目線を前方へ送る。

その先には、路上にぽつんと立ち尽くす社長の姿があった。本社の入っている雑居ビルの下に、手持ち無沙汰な様子で立っている。

カノンの屋敷に立ち寄ったせいで、帰りが予定より遅くなったため、心配で待っていてくれていたのかもしれない。日付はとっくに変わって、もう深夜の四時になるというのに。

やがて社長は私たちの姿に気がつき、小さく手を振った。

「おかえり」

そう言って社長は笑った。

まるで、かつて親友に言うことができなかったその言葉を、噛み締めるような言い方だった。

「こいつは独自の情報網で、俺の噂を聞きつけたんだ。こいつには当時から、霊の知人がたくさんいたからな。そうしてアパートに駆け付けたこいつに、俺は説得された。それが改心したきっかけだよ」

ビルの小汚い階段を上っている間、間宮さんはそう説明してくれた。

「もしかして昔の話をしてたの？」社長は照れ臭そうに笑う。

「ああ、十年前から変わらない、お前の理想の話だ」

「社長の理想って、以前僕とあおいにお話ししてくださったことですか？」

うん、と社長はうなずいた。柔らかい笑みの中には、強い意志が宿っている。

「人間と霊が平和的に共存する世界。それを僕が生きているうちに実現する。まずはこの、不動産業界からね」

社長はそう言って、本社の事務所の扉を押し開けた。入り口近くのスイッチを押すと、十畳ほどの狭い事務所に灯りが点く。

中央にはボロボロのソファーとローテーブルが置かれている。壁際には、主に社長が使っている古めかしい事務机が鎮座している。決して快適とはいえないこの狭苦しい空間を見て、いつか話に聞いた、社長と間宮さんが過ごした事務所のことを思い出した。

「社長の理想、実現しましょう！」

ソファーのそばに立つ神代が、力強く言い放った。

「僕たちにできることがあれば、何でもやりますよ！」

「ありがとう」社長は優しい目をしていた。「でも二人は既に、もう十分すぎるくらい、会社に貢献してくれてるよ」

人間と霊が共存する世界の実現――除霊師として五年間活動してきた私には、それがどんなに困難な道のりか、よく分かる。人間の社会は、霊が存在することを前提に作られていない。霊の存在を認めている除霊師の界隈でさえ、霊は駆除する対象としてしか扱われていないのが現状だ。

私はもともと、霊を退治するためにこの仕事に就いた。神代とコンビを組むまでの間は、「除霊師」という肩書きのとおり、数々の霊をこの世から消し去ってきた。社長の理念に共感して入社した神代とは、抱いていた志が違うと思う。

しかし、神代と一緒に和解交渉を担当するうちに、いや、神代をこの会社に誘った頃から、私の気持ちは大きく変わってきている。生きている間に、社長の目指すような世界が実現するならば、それをこの目で見てみたい――今では本気で、そう思うようになった。

私は事務机の上に置かれた、写真立てに目をやった。

身体（からだ）が透けていなかった頃の間宮さんが、小波（こなみ）社長と肩を組んで笑っている。その傍らに置かれた腕時計は、間宮さんが事故に遭った時刻を示したまま、その動きを止めている。

「ええコンビやなあ、ほんまに」

写真を見ながら私はそうつぶやいた。大学の同級生同士という意味では、私と神代も同じような関係性だ。社長と間宮さんには、多くを語らずとも互いを分かり合える、積年の信頼関係を感じる。私と神代は、そんなコンビになれているのだろうか……？

「俺は、お前たちもいいコンビだと思ってる」

傍らの壁をすり抜けて、間宮さんが現れた。私のつぶやきを聴かれていたらしい。

「ただ、俺たちとは少し、関係性が違うように見えるな」

「どう違うんですか？」この会話が、神代と社長に聞こえていないことを目で確認してから、私は尋ねてみる。

「俺たちは互いにあまり干渉しあわないが、お前たちは違う。いつもお互いを気にかけているように見える。背中を預け合うか、正面から向き合うかの違いだと思う。どちらが良い、というものじゃない」

間宮さんの言うことに、思い当たる節はあった。私と神代は互いに相手の弱い部分を知っている。だからこそ、相手のことを気遣いすぎる傾向にあるのかもしれない。私は時おり、神代の私に対する言動を過保護に感じることがあるが、実はお互い様なのだろうか……？

「この幽霊屋敷の件だってそうだ。お前たちは難しい交渉の中で、お互いの足りないところを、うまく補い合ってる。そういう関係性を、見ていて羨ましく思うこともあるくらいだ」

間宮さんはそう言ってから、「少しいいか」と神代を呼び寄せた。

本題に入る空気を感じて、私と神代は間宮さんの前に並んで立つ。今日は、間宮さんに依頼していた調査の進捗を、報告してもらうことになっていたのだ。

「頼まれていた調査事項だが、少し厄介なことになってる」

間宮さんは眉を歪めた。

「この数週間で、警察資料や役所の資料を色々と漁ってみたんだが、俺たちの予想していなかった事実が判明した」

間宮さんの調査報告を聞いた私たちは、思わず目を見合わせた。

「追加の調査が必要なら、何でも申し付けてくれ」

「神代、これって……？」

神代の方をうかがうと、彼は顎に手を当て、既に思索の中へと潜っていた。

# 第五章　神代の事情

日はとうに暮れているというのに、空気は蒸し暑い。

夏がすぐそこに迫った六月の下旬。時刻は午後七時を少し回ったころ。敷地の広い邸宅に挟まれた道を、私は一人で歩いていた。

時おり、この辺りの住民と思われる人たちとすれ違った。数年前までは、カノンもこの道を母親と一緒に歩いていたのだと思うと、もの悲しい気持ちになる。

しばらく歩いていくと、薄オレンジ色の塀の一画が見えてきた。塀越しには煙突の飛び出した愛らしい三角屋根が覗く。その古風な外観は、現代的なデザインの住宅が並ぶこの近辺ではやはり目立っている。近所の住民から「お館」という愛称で呼ばれていたのも頷ける。カノンの噂がもっと広まれば、「幽霊屋敷」という呼び名の方が定着してしまうかもしれないが……。

門の鍵を開錠しようとして、私は手をとめた。館の屋根から、カノンの顔がひょっこりと覗いているのが見えたのだ。すり抜ける体を利用して、屋根からほんの少し顔を出し、外の景色を眺めているようだった。

私はカノンに向かって霊信を送る。

――そこ、外から微妙に見えてまうで。気いつけや。

カノンは辺りをきょろきょろと見回し、しばらくして私の姿に気づいた。彼女はこちらに軽く笑いかけてから、そそくさと家の中へと引っ込んでいった。

神代(かみしろ)から預かった鍵で門を開錠し、庭を通って、玄関から館に入る。靴脱ぎ場でスニーカーを脱いでいると、カノンが天井をすり抜けて一階へ下りてきた。

「珍しいですね。今日はあおいさんだけですか？」

「神代も遅れて来るで。あいつは今、三島(みしま)を迎えに行ってる」

「ってことは、三島さんもこの家に？」

「うん。話したいことがあるって、神代に連絡があったらしくてな。私らが同席することを条件に、許可してん」

「そう……なんですね」

カノンは複雑そうな表情で、少し顔を俯(うつむ)かせた。

玄関からリビングに向かう私の後ろを、彼女は慣れた様子でついてくる。

「さっきはありがとうございました。あそこって、意外と外から見えてるんですね。危なかったです」

「頭だけ出てて、生首みたいな状態になってたで。バレたら騒ぎになってまうから、次から気いつけや」

「普段から、人目に触れないように気をつけてはいるんですけどね。油断しました」

カノンは反省の表情を浮かべていた。

「あれは何をしてたん？　外の景色を見てたんか？」

「はい。基本的には私、インドアが好きなんですけど、たまーに外の様子を見たくなるんです。ずっとこの家に閉じこもってると、外の世界のことを忘れてしまいそうで、怖くて……」

「気持ちは分かるけど、この家にいる間は、なるべく引きこもってた方がええで。この辺りには、カノンちゃんの顔を知ってる人がいっぱいおるからな。夜中とかやったら全然ええと思うけど」

私がダイニングテーブルにつくと、カノンも自然とその対面あたりを陣取った。この家に来るのは今日で九回目になる。初めてこの家を訪れた日から、もう二カ月が経とうとしており、私と神代はすっかりカノンの話し相手になっていた。

「さっきのって、あおいさんの能力なんですよね？　あおいさんはテレパシーが使えるんですか？」

「霊信、いうてな。簡単に言うたら、人の頭ん中にボイスメッセージを送れる技やねん。テレパシーいうても、あくまで一方的なもんや」

「じゃあ、会話はできないんですね。それでも十分便利そうですけど」

「便利やでー。さっきみたいに私の声を人に送信することもできるし、私が聞こえた音を、そのまま人の頭ん中に流し込むこともできんねん。音の通り道を作る能力、って私は捉えてる」

この力に目覚めた小学生の頃と比べると、自分の能力のことがかなり分かってきた。特に、さざなみ不動産に入社して、除霊師として悪霊と戦うようになってからは、格段に理解が深まっている。

「霊道いうて、霊しか通れない通路ってあんねんけど、私が作るのはその音バージョンって感じやな。霊の姿は見えないけど、霊の出してる音だけ聞こえる現象ってあるやろ？ああいうのは、こういう能力が原因やったりすんねん」

「あ、聞いたことあります。ラップ音ってやつですか？」

ない。

「そうそう。あれって、私と似たような能力を持った霊が、音を使って人間とコミュニケーションとろうとしてることが多いねん」

説明をしてから、私は少し後悔した。個人的な話を、赤裸々に打ち明けすぎたかもしれない。

カノンと仲良くなるにつれて、こういった地縛霊に関する情報や、除霊師の実情について、彼女に気軽に話すようになってしまっている。神代のフランクな態度に引っ張られて、私も気が緩んでいるのかもしれない。

カノンとの間で、立退きの話はあまり進展していない。ただカノンと打ち解けていくばかりで、一向に本来の目的について話し合えていないのだ。神代の方針には口出ししないようにしてきたが、警官コンビの「悪い警官」担当として、ここらで気を引き締めた方が良いかもしれない。

私は首を小さくうなずかせ、内心で決意を新たにした。

「あの……首のお怪我は、良くなってますか？」

カノンから心配そうに尋ねられ、私は反射的に首元を確かめた。あれから一ヵ月が経つが、悪霊に摑まれた手の痕は完全には消えておらず、まだうっすらと紫色の箇所が残っている。

「本当にごめんなさい……このまま痕が消えなかったらどうしよう……」

カノンが泣きそうな声を出すので、私は慌ててしまった。

「いやいや、最近はだいぶ薄くなってきたで。あと一月もあれば、完全に消えるんちゃうかな」

「そ、そうですかね……」

厳しく接しようと決意した瞬間に、気遣いの言葉をかけられ、私は出鼻をくじかれてしまった。しばらく無言の時間が続いたあと、カノンが口を開いた。

「あの、こうやって二人でお話しできて嬉しいです。実は前から、もっとあおいさんとお話ししたいなって思ってて……」

カノンは気恥ずかしそうに顔を俯かせていた。

「いつもお二人が来るときって、神代さんがメインで喋ってるので、あおいさんとしっかり話したことないなあって思って」

「たしかにそうやなあ。あいつはホンマお喋りやから。私はそんなにペラペラ喋る方でもないし」

それに加えて、神代とペアで地縛霊と対峙している際は、霊信で神代に絶えずメッセージを送っている。霊信の方に集中してしまい、会話に積極的に参加できないことが多いのだ。

「私が言うのも変な話かもしれないですけど……幽霊と話し合いをする交渉人なんて、ほんと面白いですよね。他の不動産屋にも、こういう係の人がいるんですか？」

「いや、こんなんやってるのはウチだけやと思うで。このやり方自体、神代がウチに入社した頃——ほんの数年前に始めたことやねん。ウチの物好きな社長がな」

「あ、社長って、前に話してた心霊オタクの人ですか？」

カノンは興奮して少し前のめりになる。

「そうそう。社長はもともと、幽霊の権利を重んじる人でな。そこにちょうど、ああいう能力を持ってる神代が入社した。神代の入社がきっかけで、このやり方を考えついたらしいで」

「神代さんは、能力もそうですけど、性格的に、このやり方にすごく向いてそうです。気遣いができて、優しくて、誰とでも楽しく喋れて。ほんとすごいなあ」

「あいつはとにかく人と話すのが好きやからな。まあ、交渉人としてはちょっと、気を遣いすぎたり、優しすぎる面もあるけど」

「でも、神代さんはあおいさんには気を遣ってない感じがしますね。二人だけの特別な距離感があるというか」

以前のようなからかう感じではなく、本気でそう思っている口ぶりだった。やはりカノンは、私と神代の関係性を少し誤解しているような気がする。

「神代さんは、大学時代からあんな感じなんですか？」

「せやな。優しくて真面目で、ちょっと融通利かない感じも、変わらんなあ」

「それと……前に神代さんが言ってたことって、本当なんですか？」

カノンは言いづらそうに声をひそめた。

「その……地縛霊に悩まされてたことがあるって」

「ああ、ホンマやで。あいつの住んでたアパートに地縛霊が棲みついてたんや」

「その霊は、どうして神代さんのお部屋を選んだんでしょう。私みたいに、その部屋の元住人だったんでしょうか」

「それは……」

ここから先をカノンに話してよいか、私は迷った。

神代が以前、他の地縛霊にこの話をしているのを見たことはあるが、私の口から話すとなると事情が違うかもしれない。もう五年が経つとはいえ、神代の中にはおそらく、まだその頃の傷が残されている。

私の中にも、あの頃の記憶は鮮明に焼き付いている。あの事件を通じて、私は初めて神代の弱い部分を知ったのだ。

＊

「実は、卒業を一年、遅らせることにしたんだ」

大学四年生に上がる春に、神代からそう打ち明けられた。

毎日のように一緒にいるのに、そんな話が出てきたのは初めてだったので、私は驚く。

私が霊に襲われたあの事件から、約一年が経っていた。

「まだ誰にも言ってないんだけど、あおいには言っておこうと思って」

「それって、自主留年するってことか？」

「うん、そのつもり。家族のことで色々あってさ。就活のゴタゴタと重なるのが嫌だから、一年、先延ばしにしようかなって。あおいの方が社会人としては先輩になっちゃうね」

私はこの頃には既に、さざなみ不動産への就職が決まっていた。就職先について小波(こなみ)社長に相談してみたところ、うちで働かないかと誘われたのだ。卒業までに間宮さんに除霊の技術を鍛えてもらい、卒業後には除霊師として勤務する予定になっている。

「……もしかして、お母さんになんかあったんか？」おそるおそる尋ねてみる。

「いま、母親は施設に入ってるんだけどね。最近、状態が悪くてさ。時間を作って、ちゃんと付き添ってあげたいんだ」

この頃には私も、神代の両親が幼少期に離婚しており、彼が母子家庭で育てられたことを聞かされていた。母親の体調が良くないとは聞いていたが、入院するほどだったとは。たしかにここ最近、神代の顔色が悪いような気がしていた。もしかすると、母親のことで、心労が重なっていたのかもしれない。

「病気がずっと治らん場合、霊の仕業ってこともあるけど、それはなさそうか？」自分にできる唯一のアドバイスを口にする。「身に覚えのない傷ができてたり、内臓の調子が悪かったりとか」

「たぶんそういうのではないと思う。うちの母親の病気は……その……メンタルだから」

なるほど、そういうことか。だから神代は、入院ではなく、施設に入っているという表現を使ったのだ。

本当はここで、神代から詳しく話を聞くべきだったのかもしれない。少なくとも、神代が私の立場だったなら、絶対にそうしていたはずだ。

しかし私は、それ以上踏み込むことができなかった。デリカシーのない私が、不用意な発言で神代を傷つけてしまうのが、何よりも怖かった。ここで事情を聞いていれば、何か助けになってあげられたかもしれないのに。

「なんか変やと思ったら、私に相談せえよ？　霊関連のことなら、任せてくれ」

私がそう言うと、神代は「ありがとう」と笑みを浮かべた。

その笑顔にわずかな陰りが見えたような気がしたが、そのときはそこまで深刻に捉えていなかった。

大学を卒業し、さざなみ不動産で除霊師として勤務しはじめると、神代との接点は格段に減ってしまった。私は慣れない除霊師の仕事で余裕がなかったし、留年をして大学に残った神代の方からも、ほとんど連絡が来なかったのだ。

そんな中、卒業から数ヵ月ほど経って、私は久しぶりに神代と対面することになる。ただしそれは、新川という共通の友人と三人で、だった。

「あおいって、こういうの詳しいでしょう？　どうにかしてあげられないかな？」

神代は私に切実な目を向けてきた。新川もその隣に座り、縋るように私を見つめている。

混み合っていない都内のチェーン系カフェに、私は呼び出されていた。神代から突然、新川の相談に乗ってあげてほしいという連絡があったのだ。

新川は切実な様子で、私に訴えかけた。

「この一ヵ月くらい、なぜか体調が悪いんだ。胃腸のはたらきがおかしいし、呼吸も浅くなることが多くて……医者に行っても、自律神経の不調としか言われないんだけど、本当にそういう理由なのか、俺もさすがに不安になってきて……」

新川はたしかに体調が悪そうだった。憔悴（しょうすい）しきっており、かつてゼミで一緒だった頃の快活さは見受けられない。

それでも私にとっては、神代の様子の方が気がかりだった。

むしろ神代の方が深刻なのではないか、と私は思った。明らかに血色が悪く、かつての凛（りん）とした顔つきは失われていた。毎日の筋トレで維持していた筋肉も萎（しぼ）んでいるように見える。

新川が話を再開する気配を感じて、私は神代から目線を逸（そ）らす。

「それと、これが一番気持ち悪いんだけど……」

新川は周囲の客に見られていないか念入りに確認してから、長袖のTシャツの袖をまくった。露（あら）わになった二の腕には、人の指の形をした痣（あざ）がくっきりと残されている。誰かに手で思い切り掴まれたような痕だ。

「気づいたときにはできてたんだ。同じような痕が、肩と脚にも」

「悪霊の仕業や。間違いない」私はそう断言する。「最近の体調不良も、おそらく悪霊に呪いをかけられたことが原因やと思う」

「……やっぱりそうなんだ」神代は深刻そうな表情を浮かべていた。よく見ると目の下にはうっすらとクマができている。「治す方法はないのかな？」

「痣は、普通の痣と同じで、自然治癒でいつかは消えるんちゃうかな。呪いの方も、そんなに長いこと持続しないはずや。あと一ヵ月くらい安静にしてれば、どっちも良くなると思うで」

「本当に？　よかった……」安堵した様子で神代がため息をつく。

「ただ、一つだけ……」

私はその痣を見たときから、違和感を抱いていた。これほど強力な悪霊が、霊感の弱い青年を、これほど執拗に攻撃するものだろうか……。

「その霊から、また同じようなちょっかいをかけられないかが心配や。どこで攻撃を受けたか、心当たりはないか？　有名な心霊スポットとか行ったんちゃう？」

新川は、「うーん」と考え込んだあと、首を横に振った。

「行った覚えないんだよなあ」と首をかしげる。

「墓地、事故物件、森、トンネル、廃墟とかは？」

私が例を挙げても、新川の反応は変わらなかった。

新川と別れたあとの帰り際、私は、駅へ向かおうとする神代に声をかけた。

「おい、神代。お前……」

振り返った神代の目には、生気が宿っていなかった。私の記憶よりひと回り小さくなった背中が、猫背になってさらに縮んで見える。

「大丈夫だよ」と神代は先手を打って答えた。振り絞るような笑みを浮かべている。「少し、気分が落ち込んでるだけだから。心配しないで」

「……何かあったんか？」

「母親が死んだんだ」間髪を容れずに答えが返ってくる。

私は言葉を失ってしまった。

そういえばここ最近、施設にいるという母親の話を、神代の口から聞いたことがなかった。容態が悪くなったという話は卒業前に聞いたが、その後の状況を聞いたことはない。

「僕は大丈夫だから」

私の気遣いの言葉を先に封じるように、神代はぽつりと言った。

「あおいは就職したばかりで、大事な時期だからさ。自分のことに集中してほしいんだ。せっかく順調にやってるんだから、あおいの邪魔になりたくない」

私はそれ以上、神代に声をかけられなかった。「じゃあ、またね」と言って遠ざかっていく背中を、もどかしさを抱えながら見送る。神代に本音を打ち明けてもらう方法が、そのときの私には思い当たらなかった。

人の話に耳を傾ける——神代がいつもしていることの難しさを、私は心の底から痛感していた。

その後、神代の噂を聞いたのは、新川からだった。

今度は新川から、神代の友人でもある別の知人も体を壊したという連絡があったのだ。自分と症状が似ていたため、今度は直接、私に相談してきたのだという。

電話で話を聞いてみると、新川と同じく、腕や脚に手の形の痣が残っており、長期間にわたって体調不良が続いているとのことだった。霊の仕業だと思うと答えると、やっぱりそうかと新川はため息をついた。

どうして神代の友人ばかりが、悪霊の被害に遭っているのだろうか……その理由を考えたとき、私の中に不穏な仮説がよぎった。

「お前、最近、神代の家に行ったことないか？　例えば二カ月前くらいに」

「ああ、終電なくして泊まったけど……なんで分かったんだ？」

二カ月前といえば、新川の症状が現れたころだ。新川に確認してみると、今回被害に遭った共通の知人も、少し前に神代の自宅を訪れているという。

「神代自身は……大丈夫か？」

「大丈夫っていうのは？」探りを入れるように聞き返してくるので、不安がさらに高まる。

「前にお前と三人で会ったとき、明らかに様子がおかしかったやろ。お前、何か聞いてへんか？」

「……やっぱり聞いてないのか」深刻そうな声を出した。「あおいには言わないでくれって言われてたんだけど……あいつ、実はいま休学して、家に引きこもってて……」

「……はあ？　休学？」神代は昨年、留年をしたばかりだ。さらに一年休むことにしたというのは初耳だった。「なんで休んでるんや？」

「詳しくは俺も知らないけど、精神的に病んでるのかもしれない。お母さんを亡くしたこと、関係があるのかも。みんな心配してるんだけど、あいつ、家から出てきてくれなくて……」

新川との電話を切ったあと、すぐに神代にメッセージを送ってみたが、返信は一向にこなかった。

私がそのとき思いついた不吉な仮説は、結果から見れば、正しかったことになる。

＊

想い出の中から戻ってくると、私の口から自然と、言葉がこぼれ落ちていた。

「……親やってん、あいつの」

カノンはその意味を理解できなかったようで、きょとんとして首をかしげた。

「神代の家に棲(す)みついてた地縛霊は、あいつの母親やった。あいつの母親は、心の病気で施設にずっと入所してたんやけど……施設の中で自ら命を絶ったらしくてな。霊になって、あいつの家に舞い戻ってきたんや」

カノンは呆然(ぼうぜん)とした表情になり、両手を口で覆った。

「神代はああいう体質やから、母親がどれだけ攻撃してきても害なんか受けへん。やけど、神代の家を訪れた人を中心に、神代と親しい人たちが攻撃されるようになっていったんや。神代自身は何ともなくても、あいつの周りの人間が次々に被害に遭っていく……。あいつ、それで一時期、引きこもってたらしいんや。自分が人と接点を持たずにいれば、誰にも迷惑かからんで済むから、いうて。大学も休学して、ずっと家に一人で……私にも一切会おうとせずに……」

話していうちに、堰を切ったように感情が溢れてくる。言葉がとまらない。

「あいつは、そのことを一年も黙っててん。私がこういう仕事してんのを知っててやで？　あおいに心配かけたくなかったから、やて。アホちゃうか！　何の気遣いやねん！　そんなん要らんねん！　あいつの忍耐力はイカれてるわ。忍耐とかちゃうな、ただのやせ我慢や。全部自分だけで背負いこもうとすんねん。そういう奴やねん。ほんっっっまにアホな男やねん！」

気持ちの高ぶりが抑えられない。体の内側から、熱いものが込み上げてくる。

「人の話を聴いてあげようとするくせに、自分の話はほとんどせえへん。あいつが色んな人の話を聴いて、気持ちを汲み取って、悩みを解決してあげて、ほんならあいつの話は誰が聴くねんな。私にくらいは、相談してもええんちゃうか？　何で私にまで気い遣うねん。何でも話せる間柄ちゃうかったんかいな。他人さえよければ、自分のことはどうなってもええんかいな。ああ、ほんまにむかつく！　むかつくやつやで、あいつは！」

話しているうちに、目の端に涙が溜まってくるのが分かった。

「なんで一人で抱え込むねん……抱え込むなって、私には言うたやん……」

＊

私が社会人二年目になったばかりの春。神代から、私のスマートフォンに着信が入った。最後に神代と会ってから、一年ほどが経過していた。嫌な予感がして、私は震える手で電話をとる。

「あおい、ごめん」

神代は電話口でそう言った。彼の口から一度たりとも聞いたことのない、憔悴しきった声。

神代はその後に、諦めるような口調で、「助けてほしい」と付け加えた。穏やかにすら聞こえるその淡々とした口調に、背筋が凍り付く。

急いでタクシーを摑まえて、神代の住所に向かった。アパートの一室に駆けつけると、神代は、自分の母親が垂れ流すとんでもない憎悪の渦の中にいた。

普通の人間なら致命傷になるような攻撃を受けつづけながら、神代は、六畳間の真ん中で、傷一つ受けずに立ち尽くしていた。

まるで時間が止まったかのように、目を閉じてじっと耳を澄ます神代の表情を、今でも鮮明に覚えている。

＊

「ごめんごめん、取り乱してもうた」私は顔を伏せて、目に溜まった涙をパーカーの袖で拭き取る。「当時のこと、ちょっと思い出してもうてな」

深呼吸をして気持ちを落ち着かせてから、改めてカノンの方に向き直った。

「私はその事件を通じて、思ったんや。親子の関係って難しいモンやなって」

私は後日神代から聞いた、彼の母親との過去を思い出していた。

精神を病んだ母親を看病する日々や、施設に送り出す際に生じた母親との確執……。神代は私の知らない苦悩を、ずっと一人で抱えていたのだ。

「親にとって、子どもの存在が大きくなりすぎたら、神代みたいに歪(いびつ)な関係になってまうことがある。逆に、子どもが親に依存してるケースもたくさんあるんやろな。親子ってたぶん、愛情とか絆(きずな)が深すぎる分、それが壊れた時の反動も大きくなるねん。切り離しにくい人間関係だからこそ、こじれたときのこじれ具合も大きなる」

「その霊は……神代さんのお母さんは……結局どうなったんですか……？」

カノンの声は震えていた。私は小さく首を横に振る。

「除霊された。話の通じる状態じゃなかってん。神代への憎悪の感情がすごくて、完全な錯乱状態やった。あれはもう、仕方がなかった」

私はテーブルの一点を見つめる。当時の、罪悪感の混じった鬱屈した感情が蘇(よみがえ)ってきた。

「あいつの母親を除霊したのは、私や。母親を失って自暴自棄になってたあいつに、この仕事を紹介したのも私。だから神代は、好きでこの仕事を選んだわけやないねん。私が……この世界に引き摺(ひず)り込んでもうたのかもしれんなあ」

神代は私に、自分の母親を除霊するようお願いしてきた。私も現場を目の当たりにして、平和的な解決は望めない状態だと判断した。その見立てに、きっと間違いはなかったと思う。

それでも、時おり頭をよぎってしまう。

神代の母親と、もう少し話ができたのではないか。

神代とコンビを組み、地縛霊と円満に対話をする経験が増えていくにつれ、後悔の思いは大きくなっていった。あの時もこんな風に話ができていたら……神代の母親、そして神代自身の未来は、もしかして大きく違っていたのではないか。

しばらくの間、気まずい静寂が流れる。外の通りを一台の車が走っていく音が聴こえる。

「すみません、本当にすみません、そんな事情があったなんて、知らなくて」

カノンは目に涙を溜めながら謝った。私は慌てて顔の前で手を振る。

「いや、私の方こそすまん。感極まってもうて。あんまり人に話したことなかってんけど、なんか、カノンちゃんのお母さんの話もチラついて……。つい、な……」

カノンを安心させるために、私は笑顔を作った。

「だからさ、こうやって人と霊がきちんと話をするのって、すっごい大事なことやと思うねん。せっかくこうやって話ができるんやから、ちゃんと折り合って円満に解決した方が気持ちええやろ？　特に神代は、そういう思いが強いんちゃうかな」

カノンは私の言葉を噛みしめるように、小さく何度もうなずいていた。

その時、私の耳が、館の前の通りを歩く二つの足音を捉えた。

「お、噂をすれば、ちょうど帰ってきたみたいやわ」

私の言葉と前後して、館の中にインターホンが鳴り響いた。私はカノンと一緒に玄関へと向かう。扉を開けると、神代と三島が並んで立っていた。

「なんや、思ったより早かったやんけ」

「うん、予定より早く合流できたからさ。ごめんね、女子会の邪魔しちゃって」

「ほんまやで、せっかくの機会やったのに。もうちょいゆっくり話したかったなあ？」

「はい、またあおいさんとゆっくりお話ししたいです」カノンも笑顔で答える。

——神代の母親の話をしたこと、内緒にしてな。つい喋ってもうたけど、けっこうデリケートな話やと思うし。

私が霊信でカノンにそう伝えると、彼女は真剣な表情でうなずいた。

「カノンちゃん、久しぶり」

三島がカノンに向かって挨拶をすると、カノンは軽く会釈をした。心なしかカノンの三島に対する態度が、以前にも増してよそよそしくなっているように見える。

神代は、持っていた鞄をダイニングテーブルに置き、私の隣の席に腰かけた。三島も神代と向かい合って座る。

「先ほどの話の続きですが……」神代は三島の目をまっすぐ見据えていた。「三島さんのおっしゃりたいこともよく分かります。カノンさんを、慣れ親しんだこの家で過ごさせてあげたいというお気持ちも、たしかに理解はできる。しかしこれまでも申し上げてきたとおり、彼女をこの家に住まわせ続けるのはあまりに危険です」

ここまでの道中でそんな話をしていたらしい。三島は口角を少し上げ、呆れるように笑った。

「危険というのは、カノンちゃんにとって、という意味ですか？」

「そのとおりです。この家の近辺では、既にカノンさんの存在が噂されています。殺されたはずの少女が悪霊になって棲みついている……そんな具体的な想像をしている方までいるんです。カノンさんがここに住み続けることになれば、いつか噂の域を超えて、彼女の存在が明るみに出る時がやってくるでしょう。そうなればオーナーも、どれだけ費用がかかろうと、カノンさんを除霊せざるを得なくなる」

「お二人もそれに協力をするおつもりで？」三島は私たちに冷たい視線を浴びせてくる。

「つまり、立退きに応じなければ、彼女を殺すと。そう脅していらっしゃるんですか？」

「違います。そういう結末にならないように、話し合いを続けたい、という意味です」

「いやいや、結局は、理由をつけてこの館から追い出そうとしているわけですよね？」

三島は一歩も引く様子を見せない。相変わらずいやらしい笑みを浮かべている。

「武力をちらつかせて脅しながら、カノンちゃんを懐柔して従わせようとしている。やっていることはヤクザと変わりありませんよ」

「そのような意図はありません。より良い選択をしていただけるよう、率直に事実をお伝えしているだけです」

神代は少し苛立った様子で、乾いた笑みを返した。

「平和的解決のオプションは、弊社だからこそ実現できる方法です。もしもオーナーが僕たちを解雇し、別の除霊師が雇われることになれば――雇うとすればおそらくもっと大人数になると思いますが――カノンさんは強制的に除霊されてしまうでしょう。そんな結末では、誰も得をしません」

「しかし、私が思うに、カノンちゃんにとっては……」

「あの、少し、いいですか？」

三島が何かを言いかけたところに、カノンが突然口を挟んだ。真剣な表情で神代の方を見ている。

「実は……ずっと考えてたことがあるんです。今日あおいさんとお話しして、ようやく決心がつきました」

カノンはふわふわと浮遊して、リビングの中央あたりまで移動する。そして、ゆっくりと首を巡らせた。

テレビ、ソファー、ローテーブル、暖炉、カーテンのかかった窓、そしてこのダイニングテーブル。奥にはキッチンが見え、開け放たれた扉の向こうには、玄関や、二階へ続く階段が見えている。

カノンはそれらをぐるりと見渡し、満足そうに微笑(ほほえ)んだ。

「私、ここを出ようと思います」

「え、ここって……この家を、ですか？」神代は目を丸くしている。

「はい。お二人と話しているうちに、色んな人に迷惑をかけてるって分かったので。この体についても色々と教えてもらって、不安もすごく軽くなりましたし」

カノンは晴れやかな表情をしていた。彼女は私と神代を交互に見てから、深々と頭を下げた。

「今まで色々とご迷惑をおかけして、本当にごめんなさい」

「いえいえ、そんな……カノンさん……ありがとうございます」神代はしみじみと口にする。「勇気の要る決断だったと思いますが……こうしてお話をしてきて、本当に良かったです」

「ただ、これからのことについて、お二人に相談してもいいですか？　前に神代さんが言ってた、廃墟（はいきょ）に引っ越しするって話……もっと詳しく聞かせてほしくて」

「もちろんです。弊社ができる限りのサポートをしますよ」

「ほ、本当に大丈夫なのかい？　ここから出たら危険なんじゃ……？」

慌てた様子でカノンの方を見る三島に、彼女は微笑みかけた。

「心配してくれてありがとうございます。でも、私はもう大丈夫。霊って、除霊されない限りは、この世界からいなくならないんですって。私の他にも、こうやって人間みたいに暮らしてる霊たちがいるみたいだし、その中にお友達も見つかるかもしれない」

三島は何か言いたげにカノンの方を見ていたが、口をつぐんだ。

「そう……なんだね……それなら良いけど……」

三島は腑に落ちていない様子だったが、最終的には大きく首をうなずかせた。

「この二人と話して、考え方が変わってきたみたいだね。カノンちゃんがそうしたいなら、僕は止めないよ。そうすると、カノンちゃんは、いつごろ次の家に移ることになるんだろう？」

「そこは、カノンさん次第ですね」神代が口を挟んだ。「転居先さえ決まれば、弊社はいつでも準備に移れます。一週間いただければ、引っ越しを完了できますよ」

「一週間、ですか」三島は意外そうな顔をする。「そんなに慌ただしくする必要がありますか？　もう少し、この家を名残惜しむ時間をあげては？」

「もちろん、急かすつもりは全くありません。時期については、カノンさんと相談しながら決めていきます。決まったら三島さんにもお知らせしますよ」

神代の説明に、三島は無言でうなずいた。

「ほな、今日は転居先の物件の紹介をしてあげたらどうや？　色々と持ってきてるんやろ？」

「そうだね。実はちょうど今日、さわりだけでも説明しようと思ってたところなんですよ。いくつか候補を持ってきたので、ご紹介してもよろしいですか？」

カノンが嬉しそうにうなずいたのを見て、神代は鞄の中からクリアファイルを取り出し、A4サイズの紙を机の上に並べていく。それは、一般的な不動産売却チラシに似せて作られた、物件紹介資料だった。今日用意してきたのは全部で六枚。神代はそれらを机の上に整然と並べなおした。

「ひとまず都内の物件に絞って持ってきました。カノンさんはずっと東京暮らしですし、何かあったときに、僕たちとコンタクトを取りやすい方がいいと思いまして」

「その方がありがたいです。馴染みがない土地に行くのは不安ですし」

神代は一拍おいてうなずき、チラシのうちの一枚をカノンの前に差し出した。カノンのいる位置とずれていたため、彼女はチラシの目の前へと移動する。

チラシの半分くらいを、三角屋根をあしらった洋風建築の小屋の写真が占めていた。小波社長が数年前に見つけてきた、所有者不明の廃墟だ。私も現地を確認しにいったことがある。

「この物件は、奥多摩――東京の西の方に位置する、森林の中に建っている小屋になります。かなり深い森の中にあって、近くに人家はありません。ですから、よほど不注意に出歩かない限り、騒ぎになったりする心配がないんです。すごく気持ちのいい場所ですよ。自然に囲まれてゆったり過ごすことができます」

「廃墟っていうから、もっと汚い建物を覚悟してたんですけど、けっこう綺麗(きれい)なんですね。想像よりずっと素敵です……！」

カノンは机ごとすり抜けてしまうのではと思うほど、写真に顔を近づけている。

「これ、建物の中はどうなってるのかしら」

「ちょっと待ってくださいね」

神代はスマートフォンを取り出し、窓越しに撮影した内装の写真を次々と表示させる。

「こんな感じで、家具はあまりありません。ちょっと前に、別件で近くに寄る機会があったので私も見てきたんですが、物がごちゃごちゃ置かれてなくて、広々と感じましたよ」

「これくらいすっきりしてる方がいいです。家具なんて、あってもどうせ触れませんしね」

神代はその後も物件の紹介を続けていった。神代は時おりスマホを取り出し、家の外観や内装、周辺の様子を映した動画も見せていた。動画は私も見たことがなかったので、カノンの隣から覗(のぞ)き込ませてもらう。

「あ、動画で見ると、ここも風情があっていいかも」

「ほんまやな。写真とけっこう印象違うわ」

「これって、神代さんが撮影したんですか？」

「いえ、これはうちの社長が撮ったものです。こんな感じで、日本全国の廃墟を動画や写真でまとめているんですよ」

「あのオッサン、ほんま趣味が仕事の役に立ってるよなあ」

さざなみ不動産の充実した廃墟データベースは、社長の趣味である廃墟めぐりと、間宮さんによる定期的な現地調査の賜物だ。

「家の雰囲気が分かりやすいように撮られてて、すごくありがたいです……あれ、今の写真は……？」

神代のスマホの画面に、以前カノンのワンピースのポケットから発見された、木箱のオルゴールの写真が映し出された。蓋を閉めた状態で、正面から撮影されている。

「ああ、ちょうどさっき、三島さんと話をしてたんですよ」

神代がやや動揺した様子で説明する。

「美羽さんが大事に保管していたものですって、説明したんです。ワンピースのポケットにしまわれていたので、国の調査員も気がつかなかったんでしょうね」

カノンは何かを言いかけたが、私が霊信を送ると、小さくうなずいて口をつぐんだ。

神代が紹介した六つの物件のうち、カノンは最初に紹介した奥多摩の小屋を気に入ったようだった。ひととおり紹介を終えると、神代は六枚のチラシが一覧できるよう、机の端から綺麗に並べはじめる。

「チラシは、カノンさんがいつでも読めるように、ここに置いていきます」

「ありがとうございます。助かります」

「気に入った物件があれば、おっしゃってくださいね。内見にお連れしますから」

「え、内見？　そんなことできるんですか？」カノンは目を輝かせている。

「ええ、もちろん。実際に現地を見てみないと、雰囲気が分からないですからね」

「わあ、すごいすごい！　是非行きたいです！」

カノンの喜ぶ様子を見て、神代は一瞬だけ私に目配せをした。この館へ来る前に打ち合わせしたことが、実現できそうだと判断したらしい。

――たしかに条件はそろってるな。やってみようや。

私が霊信で応答すると、神代は微笑んだ。

「カノンさん、突然のご提案で恐れ入りますが……今日ってこの後、お時間ありますか？」

「え、はい、ありますけど。霊になってからは、予定なんて入ってたことないですよ」

「実はこれからあおいと、この物件を見に行こうと話してたんです」カノンが最も気に入っていた奥多摩の廃墟のチラシを指さす。「もしよかったら、一緒に内見しに行きませんか」

「え、え、本当ですか」カノンは目を丸くしている。

「この時間帯であれば、人がいることなんてまずないですから。一緒に見て回れると思いますよ」

「すごい！　行ってみたいです！」カノンは興奮気味に即答した。「霊になってから、この家を離れたことがなかったから！　すごく嬉しいです！」

「ただ、家の中まで詳しく見られるのは、カノンさんだけです。僕たちがあんまりうろついてしまうと、不法侵入になりかねませんので」

「その廃墟までは、どうやって移動するんです？」三島は不審そうに神代に尋ねた。「カノンちゃんは車や電車には乗れませんよね？」

「そこは弊社にお任せください。人目に触れない安全な方法で移動しますので」

神代が自信満々に言うと、三島はそれ以上追及せず、「そうですか」と引き下がった。

「そういえば三島さん、先ほどおっしゃってたアレってどうしますか？」

「ああ、どうしましょう……どこかで時間が取れるといいんだけど……」

「ん？　何のことや？」

　私が質問すると、神代はすぐに答えた。

「三島さんの万年筆が見当たらないらしいんです。美羽さんからもらったもので、この家に置いていたらしいんですが……カノンさん、ご存じないですか？」

「あー、普段はリビングに置いてたと思いますけど……」カノンもその万年筆を知っているらしい。「霊になってからは見てないですね……どこかで見たかしら……」

「時間さえいただければ、僕の方でこの家を捜してもいいんですけど……」

　三島のその発言に反応し、また神代と目が合った。私は三島に気づかれないようにうなずく。

「僕たちが内見に行っている間、捜していただいて結構ですよ。この合鍵も一緒にお渡ししておくので、帰ってきたらお返しください」

「今が八時前やから……どんだけスムーズにいっても、向こうに着くのは十時半くらいやろうな。帰ってくるときには、日付またいでると思うわ」

「そんなにかかるんですか？」三島が驚いた様子で尋ねる。「車なら一時間半くらいだと思いますけど」

「霊と一緒やと、移動に時間がかかってまうねん。しばらくお留守番頼むわ」

移動の準備をするため、私と神代、そしてカノンは連れ立って庭へと出た。

＊

暗闇の中で、布の擦れる音と、荒い息遣いだけが反響している。

男はハンガーにかけられてずらりと並んだ洋服たちを、一つ一つ念入りに、しかし手際よく調べていた。ドレスやワンピースなど、上下ひとつなぎになっている服だけを選んで、ポケットの中を順番に探る。

「これか……？」

男は目当てのものを探し当てたらしく、息を呑んだ。ワンピースのポケットからそれを取り出し、手元のライトで照らし出そうとする……。

「あんたとは、暗いところでよう会うなあ」

突然、クローゼット内が明るくなる。背後に立っている私と神代に気がつき、三島は慌ててこちらを振り返った。

「初めてあんたと会うた時も、こんなシチュエーションやったなあ？　今度は手袋まで嵌めて、ホンマに泥棒みたいやんけ」

三島は手に持ったその箱を背中に回そうとする。神代もその動作を見逃さなかった。

「どうしてあなたがそれを？」

神代の低い声が、広々としたウォークインクローゼットの中に反響する。その声には静かな怒りが混じっていた。

「僕が教えた情報に食いつきましたね。僕たちが家を出発したら、真っ先にワンピースのポケットを探りはじめて。そんなに欲しいんですか、それが」

「皆さん、帰ってきてたんですね。気がつきませんでした」

三島は余裕ぶって笑顔を作るが、その笑い方はどこかぎこちなかった。声も少しだけ震えている。

「まだ出発から一時間も経ってないですよ。廃墟を見に行ったんじゃなかったんですか？」

「あれは僕とあおいで考えた嘘です。出発するふりをして、本当はこの館の近くで待機していました」

「途中からは、カノンちゃんが直接見てたんやで。気づかんかったやろ？　あんた、探し物に夢中やったもんなあ」

三島はハッとして頭上を仰いだ。上下逆さまになったカノンの頭部が、天井から突き出している。カノンはそのますーっと下に下りてきたかと思うと、くるんと上下を反転させて、我々と同じ向きで直立する。

「僕たちのいない隙を狙って、それを持ち去るつもりだったんでしょう？　万年筆を捜したいというのも、そのための口実だった」

神代は顎で、三島の手の中のものを示した。

「あなたはずっとそれを探していた。解体業者が入るのを阻止したり、この家の明渡しを拒んでいたのは、それを見つけ出すための時間稼ぎですね？　この館が取り壊されてしまっては、指輪を手に入れるチャンスがなくなってしまいますから」

カノンの協力を得て合鍵を作り、この館に出入りできるようになったはいいが、この館には常にカノンがいた。睡眠すら取らないカノンの目を盗んで、館の中を捜索するのは至難の業だっただろう。

「あなたにとっては、それを手に入れることさえできれば、この館やカノンさんのことなどどうでもよかった。そもそも、カノンさんと美羽さんが亡くなったあと、深夜にこの館を一人で訪れたのも、この館に侵入できるかどうか、確かめるためだったのかもしれません」

神代が語る様子を、三島は無言で見つめている。

「それは、誠二さんから美羽さんへ、そして、美羽さんからカノンさんへと受け継がれた大切な財産です。あなたがもらい受ける権利なんてありません」

「……あなた方に何が分かるんですか。生前、美羽が言っていたんです……美羽が死んだら、この家の財産は将来、私に引き継いでほしいって」

「結婚もする前から、美羽さんとそんな話を？」

「そうです。彼女は体が弱かったので、自分の身に何かあった時のことをずっと心配していました。今のうちから遺書を書いておくという話も出たくらいです。そのことを国にも裁判所にも説明したんですが、誰も取り合ってくれませんでした」

三島の声には熱がこもっていた。

「その指輪も、この家も、ここに並んでいる美羽のお気に入りの服だってそうです。美羽が遺した大切なものが、見ず知らずの他人の手に渡るなんて私は耐えられない！　美羽の恋人として、いや、婚約者として！」

必死に訴えかける三島の目には、うっすらと涙が浮かんでいた。カノンはそんな様子を、呆気にとられたように見つめている。

神代は依然として、三島に冷たい視線を向けていた。

「あなたに美羽さんの婚約者を名乗る資格はありません。あなたは初めから、美羽さんの持つ財産を目当てに、彼女に近づいた。そして、彼女の死後もこうやって、生前の関係を、財産を得るための口実として利用してきた」

「そんなわけないでしょう。何を証拠に言ってるんだ、あんたたち……」

「これは……彼女の前でお伝えすべきか迷っていたのですが……あなたには、詐欺罪の前科がありますね？」

神代に問いかけられ、三島の視線が少し泳ぐ。

「あなたは七年ほど前、三名の女性から総額二億円もの財産を騙し取った疑いで、逮捕されています。いずれも、交際相手を騙して高額の財産を騙し取る、いわゆる結婚詐欺の容疑です。三件の被疑事実のうち、二件については有罪となり、懲役二年の実刑判決を受けている」

三島があの館にこだわっている理由は、小清水家の財産なのではないか——三島と出会った当初からその疑いを持っていた神代は、間宮さんにも協力してもらい、三島の素性を調べていたのだ。

三島は無言のまま、落ち着いた表情で神代の方を見据えている。先ほどまで流れていた涙はいつの間にか引いていた。

「あなたは刑務所から出たあと、養子縁組などの手続きを駆使して、戸籍上の氏名を変更しています。元のお名前……『峯崎波留人』でネット検索をすれば、結婚詐欺の前科が明るみに出てしまうからでしょう」

間宮さんが霊の人脈を辿って調査を進めるうちに、三島の前科や、反社会的勢力との繋がりの噂が次々と出てきた。ところが、警察や検察の捜査資料を盗み見ても、「三島雄太」の名前では何もヒットしなかったらしい。

そこで私たちは新たな仮説を立てて、今度は、戸籍の方をあたってみることにしたのだ。転籍を繰り返して、改名の事実が露見しにくいように工夫はされていたが、履歴を辿っていけば元の名前は分かった。

「あなたが美羽さんにプロポーズをしたのも、美羽さんを信用させ、財産を確実に騙し取るための手口だったのではないですか？　しかし、美羽さんが突然亡くなってしまったことで、あなたが思い描いていた何らかの計画は破綻してしまった……」

美羽の死後は、彼女の婚約者であることをアピールして財産を譲り受けようとしたが、二百万円程度の預金しか手にすることができなかった。そこで今度は、あの指輪に目をつけたのだろう。

「あなたは、美羽さんが遺した相続財産の目録を目にしたはずです。そこには、美羽さんから話に聞いていた、一億円の指輪が載っていなかった。それで最後の希望を抱いたんでしょう。指輪はまだ、この館に遺されているかもしれない、と。そんな目論見で館を訪れてみると、そこには霊として蘇ったカノンさんがいた。そこであなたは、カノンさんの力を利用して館の合鍵を作り、カノンさんの歌で解体業者たちを撃退しながら、指輪を捜索するタイミングをうかがうことにした……」

「デタラメだよ、カノンちゃん。この人たちは君を追い出して、この家を取り壊したいだけだ。騙されちゃいけない」

三島はカノンに懸命に訴えかける。

「この人たちは、この家に無断で入ったっていう弱みにつけこんで、私を悪者にしようとしてるんだ。私は美羽と一生を共にするつもりだった。婚約した後も、ずっと結婚のために準備をしてきたんだ。財産目当てなんてあり得ない！　私は、美羽も、美羽が大切にしてきた財産も、生涯をかけて守り抜くつもりだった！　それなのに、美羽との結婚がまだだったというだけで、この家やこの指輪が他の人に取られてしまう。それがどうしても許せなかったんだ！　カノンちゃんなら……信じてくれるよね……？」

カノンは目を丸くして、三島のことをじっと見つめていた。驚いているようにも、怒っているようにも見える複雑な表情だ。

「やはりまだ、気づいていないんですね」神代が憐むような声で語りかける。「そうですよね。気づいていなければ、こんなやり方を選ぶわけがない……」

「何の話をしてるんだ……？」三島は神代に、訝るような視線を向ける。

「あなたはもっと彼女の声を聞くべきだった。歌声に、話し声に、もっと耳を傾けるべきだった……三島さん、そのケースを開けてみてください」

三島はその小さなケースの蓋を開け、目を丸くした。木箱いっぱいに詰められた、淡いピンク色のバラの花が顔を出したからだ。

しばらく静寂が流れたあと、気まずい空気を破るようにあの歌声が流れはじめる。

「それは指輪ではなく、オルゴールです。あなたが探している代物ではありません」

神代はこの館に来る途中、三島に嘘をついていた。

三島には、このワンピースのポケットから、小清水誠二が遺した指輪が発見されたと話したのだ。スマートフォンで木箱の写真まで見せて、三島を信じ込ませたらしい。ずっと探していたものの在処を教えてやり、それを物色する時間まで与えてやったところ、三島はまんまと私たちの罠にかかった。

「美羽さんが生前、三島さんに全財産を譲り渡すと言っていた……そんな話、信じられますか？」

神代がカノンに尋ねると、彼女は神妙な表情でゆっくりと首を横に振った。

「遺書の話は？　聞いたことがありますか？」

カノンは首を横に振る。

「美羽は、カノンちゃんには話していなかったかもしれない。でも、本当なんだ！」

「三島さん。もう、そんな演技をする必要はありませんよ。彼女は、あなたの言っていることが嘘だと知っていますから」

神代は興奮を押し殺すように深呼吸をして、三島に鋭い眼光を向ける。そして、傍らで浮遊するその少女のあたりを手で示した。

「彼女は、カノンさんではありません。美羽さんです」

初めて小さな違和感が芽生えたのは、館の大掃除をした日のことだった。

オルゴールから流れてきた美羽の歌声。あれを聴いたときから、私の脳裏に、突飛な仮説が浮かんでいたのだ。

「歌声が同じ？　オルゴールの音声と、カノンさんの歌声がってこと？」

神代は窓際に立ったまま、目を丸くした。

「親子だから声質が似てるとか、そういうことではなくて？」

「歌い方のクセとか、息継ぎの仕方とか、カノンちゃんの歌とホンマにぴったり一緒やったと思うねん。ずっとつきっきりで指導してたからって、親子であんなに似るもんなんやろか」

「あおいは耳がいいからなあ。あおいが言うならそうなのかもしれない……でも、だったらどういうことになるの？　あのオルゴールは、美羽さんがカノンさんに贈ろうとしたものだよね？」

「たぶんそうやろな。『for Canon』って書いてて、あんなメッセージカードまで添えてあんねんもん。カードには、私が十八歳の時に録音したものですって書いてたし」

「……ってことは、あのオルゴールの歌は美羽さんのものってことになるよね。その歌と、あの地縛霊の歌が同じだとすると……まさか……あの地縛霊って……？」

神代も私と同じ考えに辿りついたようだった。顎に手を置いたまま、思考を整理しはじめる。

「よく考えれば僕たちは、生前の美羽さんとカノンさんの顔を、ちゃんと確認したことがなかった。近隣の住民たちはあの地縛霊をカノンさんだと思ってるみたいだけど、彼らだって、あの少女の霊の顔をちゃんと確認できてるわけではない……」

「それに、私たちが接してきたあの地縛霊と、生前のカノンちゃんのイメージが、どうにも結びつかへんねんな。あの少女の霊は美羽さんのこと、あんまり良く思ってないような口ぶりやった。でも、あのテディベアのプレゼントとか、遠野(とおの)の言うてることからすると、カノンちゃんと美羽さんって、ホンマは普通に仲が良かったんちゃうか？」

　神代はスマートフォンを取り出し、検索エンジンに「小清水叶音（かのん）」と打ち込んだ。強盗殺人事件に関する記事がずらりと表示されるが、何件目かの検索結果に、動画サイトにアップされた映像が出てきた。

「これ、コンクールの映像だ。ほら、『中学生の部　入賞者　小清水叶音（二年生）』だって」

　神代が再生したその動画を、私も隣から覗（のぞ）き込む。

　あの地縛霊とよく似た少女が、大きなコンサートホールで綺麗（きれい）な歌声を披露していた。霊の方が少し痩せている気がするものの、この子が数年後、あの地縛霊の姿に成長すると言われても違和感はない。ただ……。

「同じ曲やないから微妙やけど、やっぱりあの少女の霊の歌い方とは違う気がする」

「本当に？　そんなの聞き分けられるもんなの？」

「たぶんな。違ったらすまんけど……美羽さんの写真からは何か分からんかな？　前に一緒に見たやつ、あったやろ」

　神代は美羽の名前でネット検索を行い、以前カノンと一緒に見た、コンサートの写真を画面に映した。後列の一番右に、あの地縛霊とよく似た顔立ちの女性が立っている。あの少女の霊は、この女性が自分のママ……つまり美羽なのだと説明していた。

「あっ、ここ……」

神代が何かに気がつき、画面を大きく拡大して、一か所を指さす。

画質が粗くて見えにくいが、その女性の右頬には、小さくも存在を放つほくろがあった。

神代は優しい表情で、少女の霊の方に目をやりながら、言葉を続ける。

「幽霊の外見は、自身の強い感情に影響されて変化することがあります。最も多いのが、年齢の変化と、服装の変化です。美羽さんは十八歳の頃の見た目で蘇ったことで、近隣の皆さんから、カノンさんと間違われていたんでしょう。そのワンピースもたしか、もともと美羽さんの持ち物で、カノンさんに譲ったものでしたよね」

「神代さんたちも気づいていたんですね」彼女は落ち着いた様子でそうつぶやいた。「今日までは半信半疑でした。先ほど、三島さんを罠にかける話を持ちかけたときの反応で、ようやく確信しましたよ」

カノンは……いや、美羽は静かに目を伏せ、ゆっくりとうなずいた。

「おっしゃるとおり、私は美羽です。どう説明したらいいか分からず、神代さんにもあおいさんにも、少しの間だけ内緒にしていました。すみません」

「もしかして、初めはご自身でも気づいていなかったんですか？」

「はい。ずっと自分のことを、カノンだと思い込んでたんです。どうしてかは分かりませんが」

美羽は落ち着いた様子で説明する。

「そのオルゴールの歌声が流れたとき……自分の歌を客観的に聴いて、全てを思い出したんです。だって……あの子の歌より全然、魅力がなかったんですもの」

美羽の声には物悲しさが漂っていた。

「私はカノンと違って、歌の才能がありませんでしたから。自分がカノンじゃないって気づいてからは、歌を歌うのもやめてしまいました」

そういえば遠野が、少女の歌が聴こえなくなったと言っていたのも、ちょうどこのあたりの時期だった。

「記憶が混乱するというのは、霊には時おり見られる現象です。霊として残留するほどの強い感情は、生前の記憶を覆い隠してしまうことがあるんです。そして、今回の美羽さんのように、何かのきっかけでその記憶が戻ることもあります」

神代はそう説明してから、美羽に向かって語りかけた。

「では改めて、小清水美羽さん。誠二さんのお父様の代から受け継がれてきた、一億円の指輪……それはいまどこにあるんでしょうか？」

「……私たちが死んだあと、一体どうなったのか……誠二さんの親族に譲ってしまったか、もしくは、私たちの遺品を整理するときに、国の人が気づかず捨ててしまったのかもしれません」

「聞きましたか、三島さん。そういうことだそうです。あなたの目当ての指輪は、もうどこにあるのかすら分かりません。ですからもう、この館にこだわるのはやめにしませんか」

神代は神妙な表情で三島のことを見ている。

「僕たちは、あなたを懲らしめたいわけではありません。この館のことを諦めて、どこかへ消えてくだされば——そして、もう二度と彼女に関わらないと誓ってくだされば、それで結構です」

「……分かりました。本当に申し訳ございません。彼女にも、申し訳ないことをしたと思います……」

三島は深々と頭を下げて、そう謝罪した。早くこの場をやり過ごしたかったのかもしれない。

美羽は何も言わずに、三島のそんな様子を冷めた目で見ているだけだった。

私は三島から合鍵を没収し、彼を引き連れて廊下へと出る。今日のところは三島を帰し、この館の明渡しについては、後ほど改めて美羽と話し合うことにした。

神代が階段を下りていくと、三島も観念した様子でその後ろを付いていった。その更に後ろを歩いていた私は、階段を半分ほど下りたあたりで、思わず立ち止まる。一階の廊下から、布が擦れるような音と、忍ぶような足音が聞こえたからだ。

——一階から誰か入ってきてる！　玄関の方や!!

既に一階へ下りていた神代は、私の霊信を聞いて玄関の方を振り返った。同じく階段を下りきった三島が、玄関の方へ駆け出すのが見える。

私も階段を駆け下りて、玄関の方を確認する。靴脱ぎ場に、マスクで顔の半分以上を覆い隠した三人の男が、こちらを向いて立っていた。三島は彼らの傍らで何かを説明している。

三島以外の三人の男が、手に何かを持っていることに気づいた。電灯がついていないので見にくいが、その形状から、どうやらサバイバルナイフだと分かった。

彼らは、武器を持っていない三島を後ろに匿（かくま）った状態で、私と神代の方へじりじりと警戒しながら近づいてくる。

「美羽さん！　歌を歌ってください！　こいつらを眠らせましょう！」

階段のすぐ下に立っていた神代が、大声でそう叫んだ。近くに浮かんでいた美羽は、大きく息を吸いこむと、『夜の女王のアリア』を大音量で歌いはじめる。

私は能力で美羽の歌声を受け流しながら、男たちの様子を観察していた。彼らは一瞬身構えたものの、怯まず平然とこちらに近づいてくる。

「何でや！　何で効かへんねん！」

「その歌の弱点を知らねえみたいだなあ!?」

三島が得意げに叫ぶ声が聞こえる。よく見ると、男たちは全員、ワイヤレスイヤホンをつけていた。どういう原理か、彼らには美羽の能力が通じないらしい。

「あおい、こっちだ！　早く！」

神代が駆け出したので、私も後を追って走る。神代は廊下の一番端の扉を開き、私を招き入れた。

重くて分厚い扉を閉めると、神代は扉の鍵をロックした。

ここは、大掃除のときにも立ち入った、防音室だった。窓のない真っ暗な正方形の部屋の中で、グランドピアノとソファーが寂しそうに佇んでいる。

「この扉は、内側から鍵をかけられる。ひとまずは安全だ」

そう言いながらも神代は、入り口から二メートルほどの距離に立ち、じっと扉の方を睨んでいる。あの男たちが扉を破ってきたときに備えて、警戒しているようだ。

「お二人とも、大丈夫ですか？」廊下側の壁をすり抜けて、美羽が現れた。「あの人たち、この扉の前で待ち伏せしてます。ど、どうしましょう……」

「警察に通報して、ここで待ちましょう。いま電話しますから、ご安心ください」

「あ、でも、この部屋はたぶん……」

私と神代はほぼ同時にスマホの画面をつけ、互いに顔を見合わせる。

「圏外だと思います。壁を防音にしてる関係で、電波が入らなくて。昔は有線でインターネットを引いてましたけど、今はもちろん解約されてます」

「あおい、いつもの〝雑音砲〟は使えない？」

神代に尋ねられ、私は首を横に振る。

「あれは周りの雑音を拾って飛ばすんや。屋外の音をほとんど拾えないこの防音室では、使い物にならへん」

「困ったなあ」と神代はため息混じりにつぶやいた。「あの人らは何者なんだろう」

「三島の半グレ仲間ちゃう？　私たちを逆恨みしてんねやろ」

私は彼らが耳につけていたイヤホンを思い起こす。

「イヤホンとか耳栓で塞いでも、カノンちゃん……やなかった、美羽さんの歌は聴こえるはずやと思うねんけど。何であいつら、あの歌が効かへんねん」

「たぶん、『夜の女王のアリア』を流してるんだと思います」美羽が会話に入ってきた。

「私が三島の近くで歌うとき、彼はいつもそうしてましたから。どういう原理か分からないですけど、同じ歌をイヤホンから聴いている間は、私の歌が聴こえなくなるんです」

「マスキング効果——ってやつか？」

詳しくは知らないが、同じ周波数の音が重なると、一方の音がかき消される現象があると聞く。同じ歌を同時に耳元で流せば、美羽の能力は無効化できるのかもしれない。

たしかに、前に除霊師を撃退したときも、三島は美羽の近くにいたはずだ。なぜ三島には美羽の歌声が効かなかったのか、ようやく腑に落ちた。

ガンガンと扉を叩く激しい音が聞こえ、私たちは思わず入り口の方を振り返る。鍵穴を外側からガチャガチャといじくっている音も聞こえてきた。

「まずいで。この扉、あんまり頑丈ちゃうかもしれん」

「なんか、ピッキングみたいなことをしてます！」顔だけを廊下側に出した状態で、美羽が叫んだ。「あの人たち、この部屋に入ろうとしてますよ！」

先ほどから私の頭の中に、とある案が浮かんでいた。上手くいくかは分からないが、試してみる価値はある——。

「美羽さん！」

私が声をかけると、美羽は壁をすり抜けて室内へ戻ってきた。

「もしあいつらが部屋に入ってきたら、もう一回あの歌を歌ってくれ！　大声で頼むわ！」

私の意図が通じたのか、美羽は真剣な表情でうなずいた。

その時、ガチャッと鍵が開く音が聞こえた。しばらくして、扉が勢いよく開かれる。ナイフを持った男が二人、忍び足で室内に侵入してきた。暗い室内で私たちのことを捜していたが、片方がすぐに神代の姿に気が付く。神代はピアノの傍らで重心を低くして構え、男の動きをじっと観察していた。

男はじわじわと神代との距離を詰めていたかと思うと、突然足を踏み込み、神代にナイフを突き出した。神代は後ろに身を躱し、前蹴りで相手を遠ざけた。男は神代の武術に警戒心を強めたのか、もう一人の仲間を呼び寄せようとしている……。

——美羽さん！　歌ってくれ！

呆然としていた美羽は、私の霊信で我に返ったらしく、深く息を吸い込んだ。彼女が『夜の女王のアリア』を歌いはじめると、私は目を閉じて意識を集中させる。

すると、部屋の中に侵入してきた二人の男は、ほぼ同時に脇腹を押さえながら苦しみだした。しばらくして二人はふっと意識を失い、頭を抱えて膝から崩れ落ちる。廊下で待機していた三島と、もう一人の仲間も、少し遅れて床に倒れたのが見えた。

彼らが完全に動かなくなったのを確認し、私は美羽に歌うのをやめるようジェスチャーする。神代が嬉しそうに私の方へ駆け寄ってきた。

「あおい、やったね！　霊信を使ったの？」

「せや。こいつらの脳内に、美羽さんの歌を直接聴かせてやったわ」

神代は警戒を解かずに、倒れた四人の様子を慎重に確認する。彼らは意識を失っているようで、ピクリとも動かない。

「警察には僕が電話するよ」神代はスマホを取り出した。「この状況をどう説明するかは、後で考えよう」

神代は110番に電話をし、廊下が交差するあたりで警察署との通話を始めた。私はその間に、男たちの持っていたナイフと、耳につけていたワイヤレスイヤホンを全て回収する。イヤホンからはやはり、スマートフォンから再生されていると思われる『夜の女王のアリア』の音声が流れていた。

美羽は、廊下にうつ伏せで倒れている三島を、無表情で見下ろした。

「この人、本当に私の財産目当てだったんですね。しかも結婚詐欺師だったなんて」

「私たちも確証はなかったんやけど、今日の言動からして、そうなんやろな……。ショック……やったよな……？」

「いえ、そうでも」美羽はさらりと言ってのけた。「お金目当てっぽいな、ってうすうす感づいてましたし。だから私、プロポーズも断ったんですよ」

「え、そうやったん？」私は目を丸くする。

「まあ一応、気を遣って、保留みたいな言い方にはしましたけど。結婚するつもりはありませんでした」

「でもこいつ、婚約者って名乗ってたやん」

「あれは嘘です。私も記憶が戻ってからそのことに気づいて、この人のことは完全に信用しなくなりました。だから今日、お二人の作戦に協力することにしたんです」

美羽は三島に向かって、冷ややかな視線を浴びせる。

「この人、付き合ってる時から嘘が多かったんですよ。頼りになる時もあったし、カノンに父親がいた方がいいと思って、お付き合いを続けてましたが……完全には彼のことを信用しきれませんでした。プロポーズを断ってからは、連絡を取ってなかったんですけど……あれ、あおいさん、どうしました？」

呼吸音が聞こえた気がして、私は足もとの三島の様子を気にしていた。しばらく観察していると、三島は「ううう……」と呻き声を上げて、ふらふらと立ち上がった。

私と美羽は咄嗟に後ずさり、彼から距離をとる。防音室の前でふらついている三島の様子を、二人で廊下の端からうかがった。

「お前ら……許さねえぞ……」三島は私たちの方を向いて、殺気立った目でつぶやいている。

「何やこいつ、けっこうタフやな」

「耐性がついているのかもしれません。少しとはいえ、何回か私の歌を聴いていたので……」

それでも三島はかなりのダメージを負っているらしく、まっすぐ立つことすらできていない。目の焦点が合っておらず、意識を保つので精一杯という様子だった。

「こんだけリスクを背負ったってのに……結局何も手に入れられなかった……」

苦しそうな顔で美羽の方を睨みつけている。

「お前のせいだ……一度殺したのに、化けて出やがって……」

殺した、のに……？

私の中で、三島の発言と、ずっと抱いていた違和感が整合する。

三島の反社会的勢力との繋がりの噂。合鍵を作れる三島の知人。この男たちのピッキングの技術。サバイバルナイフ。三島がこれまで、美羽の財産にこだわってきたこと……。

「まさか……あの強盗って、こいつらが……？」

美羽は三島の方をじっと見据えたまま、体を震わせていた。

「……あの事件があったのは、プロポーズを断ってから数週間後のことです。いま思えば、三島に合鍵を渡したままだったかもしれない。あの日、カノンのコンクールがあることも教えてたかも……」

その日は、カノンが急遽コンクールへの参加をやめることになり、予定より早く帰宅したと言っていた。プロポーズを実質的に断られ、財産を騙し取る計画が崩れてしまった三島が、二人のいない隙を見計らって、仲間と一緒に館に忍び込んだのだとすれば……。

「三島さん……あなたがカノンを……？　私を……？」

三島は美羽の問いかけに応答する代わりに、苦しそうに頭の右側を押さえた。

「カノンが………どんな思いで死んでいったか……！」

美羽の語気が強くなっていく。それにつれて、三島の表情も苦しそうになっていった。

美羽の怒りに満ちた声が、三島を攻撃しているらしい。

「美羽さん、落ち着け！　冷静になってくれ！」

美羽には私の声が届かなくなっていた。苦しそうに悶える三島を、彼女は息を切らしなから睨みつけている。理性を失い、暴走しかけている……。

「殺してやる……殺してやる……お前もカノンと同じ目に遭わせてやる……！　死ね……！　死ね……っ！」

眉間に深い皺を寄せ、血走った目を三島に向ける美羽。

その姿が、かつて私が除霊した、神代の母親と重なった。

美羽の怒りと憎悪は目視できるほど強大になり、黒々とした霊気が館の廊下を覆いつくしていた。頭を押さえて苦しんでいた三島は、やがて白目を剥いて膝から崩れ落ちる。漆黒に染まった霊気が、まるで煙のように渦をなしながら、動かなくなった三島を包み込んでいく……。

──美羽さん！　攻撃をやめてくれ！　このまま続けたら、こいつは死んでまう！　美羽さん自身も危険や！

霊信で意思疎通することを試みるが、私の声は届いていないようだった。

その時、神代が異変を察知して、こちらに駆け寄ってきた。白目を剥いて苦しんでいる三島を一瞥してから、私の方に視線を向ける。

「あおい！　どうしたの!?　どうしてこんなことに!?」

私の目からはいつの間にか、大粒の涙がこぼれ落ちていた。

「美羽さんが暴走してる……負の感情に支配されてもうてる……」

「暴走してるって？　どうして？」神代は優しい声で尋ねてくる。

「私の声も、霊信も通じひん……このままやと美羽さんが……」

「あおい、美羽さんはどうして暴走してるの？」神代の声は冷静だった。

「あの強盗を企てたのは、三島やったんや。美羽さんとカノンを殺したんも、たぶんこいつらなんや……」

神代は私の言葉の意味を解きほぐすように、一度だけ静かにうなずいた。そして、覚悟を決めるように、ゆっくりと息を吸い込む。その目には確固たる意志が宿っていた。

「美羽さん、そこにいますか」

神代は優しい口調で語りかける。

「美羽さん、聞いてください。僕です、神代です」

美羽は言葉になっていない怒りの叫びを上げつづけている。神代は表情を全く変えずに、穏やかに言葉を続けた。

「あなたはいま、どんな声を上げているのでしょう」

神代の声には悲しい響きが混じっていた。

「叶うなら、あなたの想いをこの耳で聴いてあげたかった。何を感じ、何を思い、何を考えているのか、僕に打ち明けてほしかった。美羽さんの気持ちを、もっときちんと分かってあげたかった」

美羽は肩で息をしながら、依然として三島の方を睨みつけている。

「僕には霊感がありません」

神代のその言葉に、美羽の動きが一瞬だけ止まった。声は届いているようだ。

「生まれつき、全くないんです。ですから……あなたが今、どんな声を上げていて、どんな表情をしているのか、僕には分からないんです」

人間は強弱こそあれ、誰しも霊感を持っている。物質的な要素のほかに、霊的な要素も併せ持っている。

ところが、ごく稀に、霊的な要素を全く持たずに生まれる人間がいる。神代は、数十万人に一人という確率で生まれた、霊感が全く備わっていない特異体質の人間なのだ。

「僕には霊が見えません。あおいから霊信で教えてもらわなければ、美羽さんがどこにいるか、何をしているのかすら、分からないんです。美羽さんの美しい歌声も、話し声も、あおいに転送してもらわないと聴くことができない。何を喋っているのかすら、分からないんです」

私は、神代と一緒に地縛霊と交渉をする際、霊の声を全て神代に転送して聞かせている。

霊の居場所や動作も、その都度伝えている。

そうしなければ神代は、霊の存在を全く認識できないからだ。私と一緒でないと、地縛霊と会話を交わすことすらできない。もちろん、除霊師という肩書きでありながら、除霊を行う能力も一切持ち合わせていない。

その代わり神代は、霊感がないおかげで、霊からの攻撃が一切効かない。霊にとって、霊的な要素を全く持たない神代は、物とほぼ同じなのだ。どれだけ強力な地縛霊が相手で、どんなに恐ろしい攻撃をしてきても、私がそばで通訳をしている限り、彼は無傷で交渉を続けることができる。

神代の特異体質について知っているのは、さざなみ不動産の人間だけだ。交渉相手である地縛霊にも、「霊感が強すぎて攻撃が通じない体質」という説明をするようにしている。真実はその真逆なのだが、私と神代の息の合ったコンビネーションのおかげか、まだ誰からも感づかれたことはない。

「僕はかつて、大切な人を失いました」

神代は美羽に向かって——美羽がいるはずの場所に向かって、切実な声を投げかけている。

「母さんは死んだ後も、僕の前に現れてくれた。僕に想いを伝えるために、霊になって蘇ってくれたんです。それなのに、目の前にいるはずの大切な人が、どんな表情で、どんな声で泣いているのか、僕には分からなかった。どうして怒っているのか——どうして僕を憎んでいるのかすら、知ることができなかったんです」

神代はそう言って、静かに、目を閉じた。

＊

私が駆けつけたあの日も、神代は目をつむっていた。あり得ない大きさの憎悪を母親から受けながら、彼は部屋の真ん中で静かに立ち尽くしていた。

霊感のない神代に、悪霊になった母親の声は聞こえておらず、その姿も見えていなかった。母親にどれだけ暴力を振るわれても、痛みすら感じない。彼女が懸命に叫ぶ憎しみの言葉も、神代の耳には届かない。

聞こえないはずの声に、神代はじっと聞き入っていた。どれだけ耳を澄ませても、そこには静寂しか流れていないのに。

「母さんは……何て言ってた？」

私が母親を除霊した日の夜、神代にそう尋ねられた。

充満していた霊気の余韻がわずかに残る、神代のアパート。数時間前まで、私と神代の母親が壮絶な戦いをしていたとは思えないほどに、あたりは平穏な静寂に包まれていた。

神代の問いかけに、私は何と答えていいか分からなかった。憎悪と憤怒（ふんぬ）にまみれた母親の表情が、脳裏をよぎる。彼女が神代に浴びせていた呪いの言葉が、頭の中にこだまする。

答えに迷っている私に、神代はぽつぽつと語りはじめた。

「母さんは……昔から体が悪かったんだ。僕を養うために、一人でいくつも仕事を掛け持ちして、そのせいで体を壊していった。気持ちが弱くなっていったのも、そういうストレスが原因だって医者は言ってた。もともと体が強くないのに、一人で仕事と育児をこなしてきたから、身体（からだ）も心も限界だったんだと思う」

神代の母親が、メンタルの病気で施設に入所したのは、神代が高校二年生のときらしい。私が神代と出会ったのは、その三年後ということになる。それまでは神代が一人で母親の看病をしていたが、つきっきりで看病しているうちに、神代の心まで蝕（むしば）まれるようになってしまった。医者はこの状態を危険だと判断し、母親との生活を続けたいと希望する神代を説得して、母親を施設に入所させたそうだ。

「施設に入るときに、母さんが言ったんだ。私が邪魔だから、追い出したいんでしょうって。そうじゃない、母さんのためだからって、必死に説明したけれど、分かってもらえなかった。母さんはどうしてか、僕に嫌われたと思い込んでたんだ。母さんの気持ちを分かろうとして、ずっと話を聞いてたけれど、すれ違いは解消できなかった」

おそらく病気の影響もあったのだろう。神代が頻繁に面会に行っても、母親と心を通わせることはできなかった。それどころか、施設に入っても一向に状態が良くならず、自傷行為も見られるようになったそうだ。亡くなる直前は、神代に対しても暴言を吐き、話も通じないような状態だった……そしてあるとき、施設の中で自ら命を絶った。

神代はそういう経緯を、私に淡々と説明した。神代の口から、こうして詳細を教えてもらうのは初めてだった。

「だからね、僕のせいなんだよ」

神代は声を震わせていた。初めて見る神代の苦しそうな表情に、私の胸は締め付けられる。

「僕を育てるために、母さんは体も心も壊してしまった。僕のせいで死んじゃったんだ。母さんが僕のこと嫌いになるのも、無理ないよね」

「そ、そんなこと……」なんと声をかけてよいか分からず、私はうろたえていた。

「逆なら良かったのに」うつろな目でそんなことを口走る。「僕なんか死んでも構わなかった。母さんが健康でいてくれれば、それだけで……僕はもう……生きてる意味が分からない……どうすればいいか、分かんないよ……」

神代の言葉はそこで途切れた。大粒の涙を流し、言葉にならない声を上げる彼の姿を、私は呆然（ぼうぜん）と見つめていた。

神代は、私の——みんなの気持ちに寄り添いながら、一人でひそかに心を痛めていたのだ。変わり果てた母親の姿を見て、自責の念に押しつぶされそうになりながら、ああやって私のことを助けてくれたのだ。

彼は私の知らないところで、こうして泣いていたのかもしれない。神代の苦悩を知りもせずに、彼の優しさに勝手に救われていた自分に、心の底から腹が立った。神代のように、大切な人の気持ちに寄り添える人間になりたいと、本気でそう思っていたのに。一番大切な友達が、こんなものを抱えていることにすら、気づかないなんて——。

私は自分を奮い立たせて、神代の背中をバシっと叩（たた）いた。

「しゃっきりせえ！」

驚いて顔を上げた神代に向かって、私は必死に訴えかけた。

「お母さんもお前のこと、好きだったに決まってるやろ！　こんだけお母さん想いで、優しくて、真面目で、カッコよくて、みんなを助けて、みんなから愛されて、最っ高の息子やんけ！」

どうにかして、私の言葉を届かせなければいけない。神代を暗い海から掬い上げられるのは、私だけだ。

「お前は生きてるだけでええねん！　それだけでええ！　大好きなお前が生きてるだけで、天国のお母さんも嬉しいはずや！　だから、生きろ！　生きてる意味が分からんなんて、言うな！」

涙をいっぱいに溜めた神代が、すがるようにして私の目を見た。

「ありがとう、やって」

私は嘘をついた。歯を食いしばって、涙をこらえる。

「今まで迷惑かけてごめん。これからは天国からお前を見守る。お前のお母さんは、そう言うてた」

そっか、と神代は、溢れ出る涙を手で拭いながらつぶやいた。

ポケットから取り出した藍色のハンカチに、涙が染み込んでいく。かつて贈ったそのハンカチを見つめながら、私の言葉が、想いが、ほんのわずかでも、神代の助けになることを願った。

「あおい、ありがとう」

神代は声を震わせながら言った。

彼が私の嘘に気づいていたのかは、未だに分からない。

私はその数ヵ月後、母親を失って抜け殻のようになっていた神代に、さざなみ不動産で働いてみないかと持ちかけた。

霊を絶対に傷つけず、霊から絶対に傷つけられないこの男こそ、この会社が求めている理想の人材だと思った。

そして何より、当時はまだアイディア段階だった新しい除霊師の形は、神代が望む「人の話に耳を傾ける」仕事そのものだと、私は確信していた。

地縛霊との立退き交渉専門の除霊師、つまり、除霊をしない除霊師——さざなみ不動産の理念に基づいた異質な業務形態が実現できたのは、何を隠そう、神代の特異体質のおかげなのだ。

*

神代はゆっくりと目を開いた。

そして、見えていないはずの美羽に向かって、柔らかく微笑みかける。

「あなたはいまどんな表情をしているのでしょう。人を殺したいほど憎むというのは、どんな気持ちなのでしょう。あなたがいま感じていることを、正確に理解できているのか、僕には自信がありません。相手の気持ちを理解するというのは、本当に難しいことだと、僕は母親を失くして痛感しました。だからこそ僕たちは、対話をしなければいけないと思うんです。相手の話をよく聞いて、相手を分かろうとしなければいけない。できる限り、そういう努力をしないといけないんです。そうしないと、また誰かが不幸になってしまう。僕はもう二度と、同じ過ちを繰り返したくない」

美羽が息を切らしながら、神代の方を振り返った。

私が霊信で伝えるより先に、神代は静かにうなずいた。まるで、美羽がこちらを振り返ったことが、分かっているかのようだった。

「美羽さん、僕はあなたの味方です。これまでも、あなたの気持ちや考えを本気で分かろうとして、ずっとあなたの声に耳を澄ませてきました。どうか今度は、僕の話を聞いていただけませんか」

美羽はいつしか叫ぶことをやめ、神代の声に耳を傾けていた。

「この男を殺せば、あなたは負の感情に支配されて、戻ってこられなくなってしまいます。以前この館を襲った、あの悪霊を思い出してください。怒りと悲しみと、そして、人を殺めてしまった罪悪感に支配されて、人間ではいられなくなってしまうんです。化け物のような悪霊になって、人間に除霊されるだけの存在になってしまうんです。僕の母親と同じように」

神代は熱のこもった声で美羽に訴えかける。美羽は動きをとめ、何かを考えるように息を呑んだ。

「カノンさんはあなたを愛していました。体が弱いけれど、優しくて穏やかなママのことが、ずっと大好きだったんです。あなただってそれを知ってたはずです。あなたはカノンさんと同じ年齢で蘇り、自分をカノンさんだと思い込んで過ごしていた。それは、カノンさんに生きていてほしかったという、強い未練の表れだと思います。コンクールのことで喧嘩をしたまま、お二人は亡くなった。自分を責めたくなるのも分かります。カノンさんに対して、罪悪感を抱く気持ちも分かります。それでも、カノンさんが美羽さんのことを好きな気持ちは変わらない。一回の喧嘩くらいで、一緒に過ごした日々が塗り替えられるはずはないんです。いつまでも、カノンさんに対して罪の意識を抱く必要はありません。美羽さんのおかげで、カノンさんは幸せな人生を過ごすことができたんですから」

神代の言葉に、美羽はゆっくりとうなずいた。

「優しくて穏やかなママが、怒りに任せて人を殺したと知ったら、天国のカノンさんはどう思うでしょうか。美羽さんがこうして蘇ったのは、この男に復讐するためじゃない。僕はそう思います」

美羽は口を強く結んでから、目を伏せた。その目から涙が溢れたのと同時に、あたりを包み込んでいたどす黒い霊気が、徐々に晴れていった。

美羽はしばらくの間、顔を手で覆って嗚咽していたが、やがて顔を上げた。

「私は……この男を許せません……カノンを殺したこの男を……」

目の奥ではまだ、怒りの火が燃えていた。

「当然です。彼は報いを受けるべきだ」神代は淡々とそう口にする。「万が一、人間界の法律でこの男を裁くことができなかったら……その時は、人間界の外のルールが、彼を裁いてくれることでしょう」

うずくまって苦しそうに息をする三島の前に、神代は屈みこんだ。

「弊社の社長には、半透明のお友達がたくさんいましてね。どこに隠れても、必ずあなたを捜し出しますよ。全ての壁をすり抜けて、あなたのことをお迎えに上がります。あなたが足を踏み入れたのは、そういう世界です」

館の外に車が停まる音がした。神代が呼んだ警察のパトカーが到着したらしい。

「さて、警察にどう説明しようか……」

「私らも色々と疑われてまうんちゃう？　よくよく考えたら、こいつらがこうして眠ってるのも説明つかへんし」

「どうにかして口裏を合わせて誤魔化そう。適宜、霊信で指示してくれ。いずれにしても、美羽さんの存在だけは知られるわけにはいかない」

車のドアが勢いよく閉まる音がした。複数の足音も聞こえる。もうすぐ、警察官たちが警戒しながらこの館へ入ってくる。

「僕が警察を迎えに行ってくるよ。何かあったら霊信で知らせてくれ。美羽さんは、ほとぼりが冷めるまで床下に隠れていてください」

神代は立ち上がって玄関へ向かいかけたが、何かを思い出したように立ち止まった。胸を押さえて苦しんでいる三島の方を振り返る。

「一応、最後にもう一つだけ」

怒りに満ちた形相で、三島を見下ろす。

「あなたがもし死刑になって、霊になって蘇るようなことがあれば……その時は僕たちが、私的感情に基づいて除霊させていただきますので、そのおつもりで」

その言葉を聞いて最後の気力を失ったのか、三島はバタリとうつ伏せに倒れた。

# 終章　その後の事情

助手席でスマホをいじりながら待っていると、館の玄関扉が閉まる音がした。神代が小走りで現れ、門を丁寧に開閉する。

「見つかったん？」

全開になった窓から顔を出して尋ねると、神代はこちらに駆け寄ってきた。そして、嬉しそうにスーツのポケットからそれを取り出す。

指輪ケースによく似た形のオルゴールは、木箱に少しホコリが被ってはいるが、以前見たときと変わりない姿をしていた。

「クローゼットの隅に落ちてたよ。よかった、警察に押収されてなくて」

「あん時のゴタゴタで行方不明になってたからなあ。ほんま良かったわ」

神代が車の前方に目をやったので、私も窓から顔を出して確認する。

隣の敷地に住む金田さんが、歩いてこちらへ近づいてくるところだった。禿げあがった頭が、真夏の強い日差しをまばゆく照り返している。傍らには彼のものと思われる、黒い高級車が停められていた。

「あんたら、いったい何をしたんだ？」

金田さんはうっすらと笑みを浮かべている。

「金田さんじゃないですか。お久しぶりです」神代は愛想の良い笑顔を向ける。「以前は、色々と調査にご協力いただいて、ありがとうございました」

「やっぱりあんたら、除霊師だったんだろう？」

「またそんなことをおっしゃる。僕たちはしがない不動産業者ですよ」少なくとも、表向きには。

「あんたらが来てから、おかしなことばかり起こってる」金田さんは頭を手でさすり、苦笑いを浮かべる。「強盗殺人の犯人が突然捕まったと思ったら、少女の霊の噂もぱったりとなくなった。何か事情を知ってるんじゃないのか？　この幽霊屋敷について」

「この家は、幽霊屋敷ではありませんでしたよ」

神代は彼の方へまっすぐ向き直って、微笑みかけた。

「かつて幸せな母娘の暮らしがあった、ごくごく普通の家でした」

神代はそう言って車を回り込み、運転席に乗り込んだ。

「どれくらいかかるかなあ?」シートベルトを締めながら尋ねてくる。

「渋滞につかまったとしても、二時間あれば着くんちゃう?」

「うんうん。やっぱり人間だけだと早いね」

「もう一つの探し物も見つかったん?」

私の問いに、神代は深くうなずいた。そして、傍らに置いた鞄をぽんぽんと叩く。なるほど、既に鞄にしまってあるらしい。

「それじゃ、道案内頼むよ」

神代が車を発進させようとした時、金田さんが運転席の窓越しに話しかけてきた。

「また幽霊が出たら、よろしく頼むぜ」

「それは難しいですよ」神代は微笑んだ。「だって僕、幽霊見たことないですもん」

神代の言葉に、金田さんは、ふんと鼻を鳴らした。

*

人気のない駐車場に車を停め、山道を登っていく。

本来は人が歩くような道ではない。足もとには草やシダが自由に生い茂り、低木の枝が私たちの進路を阻んでいた。頭上を仰げば、十五メートルはある直線的な樹木が、空を覆い尽くしてしまうほど広範囲に枝葉を広げている。

前を進む神代は、行く手を阻む草木を丁寧にかき分け、足もとをしっかりと踏みしめて進んでいった。真夏の炎天下、しかもこんな藪道を何十分も歩くというのに、相変わらずスーツを着用している。

三十分ほど歩いた頃、息のすっかり上がった私の腕を、神代が優しく引っ張った。これまで視界を埋め尽くしていた樹木の壁が途切れ、少し開けた空間が広がっている。

「着いたよ」と神代はジャケットを肩に担いだ状態で言った。

立ち並ぶ木々に囲まれて、一軒の小屋が佇んでいる。壁は丸太を組んで作られており、可愛らしいえんじ色の三角の屋根があしらわれていた。

神代は木造の簡素な扉へ近づき、コンコン、と控えめにノックをした。しばらく待っていると、扉から少し離れたところの壁から、人の頭が飛び出ているのが見えた。彼女は私たちの姿を確認すると、改めて扉をすり抜けて現れた。

「美羽さん、お久しぶりです」

神代が挨拶すると、美羽は深々とお辞儀を返す。

「お待ちしてました。こんな遠いところまで、わざわざすみません」

「いえいえ、僕たちだけなら、すぐですから」

「一応、中で話した方がいいですよね。誰かに会話を聞かれるかもしれないし」

美羽の手招きに従い、私たちは廃墟(はいきょ)の中へとお邪魔する。

小屋はワンルームの間取りで、室内も整頓されている。木製のテーブルと椅子、そして小さな棚だけが置かれた簡素なレイアウトだ。さすがに廃墟なのでそこまで綺麗(きれい)とはいえないが、霊として生活するには十分な清潔感だろう。

「あ、私ここですからね。いま、部屋の真ん中にいますよ」美羽は神代の前で両手を振った。「あおいさん。私の声って神代さんに聞こえてます？」

「聞こえてますよ。ご心配なく」と神代は即座に応答した。「いま、手を振ってたでしょう。あおいの霊信はリアルタイムなんですよ」

「霊の動きをずーっと実況中継してるみたいなもんやからな。声の方は聴こえた音をそのまま転送するだけやけど、動作は私の言葉で伝えなあかんから、けっこう大変なんやで」

「いつもありがとう。本当に助かってるよ」

私は美羽の姿を眺めながら、ずっと思っていたことを口に出した。

「美羽さん、見た目が大人びてきたんちゃう？」

「あ、やっぱり分かります？　私も、ちょっと老けてきた気がしてて」美羽は部屋の隅にある姿見で自分の顔を確認し、両頬を触った。「今は、二十代前半くらいかしら。なんだか懐かしい気持ちになりますね」

幽霊の外見の年齢は、心情の変化とともに移り変わる。自分がカノンではないと自覚してから、徐々に心境が変わり、亡くなった時の年齢に外見が近づいてきたのだろう。

「そういえば、あの家、取り壊すのやめたんですよね？」

美羽にそう聞かれ、私と神代は目を丸くした。

「あれ、どうしてそれを？　今日、お伝えしようと思ってたのに」

「昨日、社長さんがやってきて、色々と説明してくれたんです」

「はあ!?　社長が来たん？　何でまた？」私たちも初めて聞いた話だった。

「あれ、聞いてないんですか？　私これから、さざなみ不動産のお仕事をお手伝いすることになったんですよ。社長さんにスカウトしていただいて」

ええっ、と私たちは同時に声を上げた。たしかに美羽の能力は強力なので、協力を得られたらとても頼もしいだろう。とはいえ、小波社長が直々にスカウトに来るとは、さすがに予想していなかった。

「あーの心霊マニアめ」私は顔をしかめる。「私らに断りもなしに、何を勝手なことしてんねん。あんな大変なことがあってすぐに、そんな無理なお願いして」

「あおいに言ったら、止められると思ったんだろうね」と神代は笑った。

「いいんです、私にとっては嬉しいお誘いでしたから。霊になってからはずっと暇だったので、ありがたいです。それに、何から何までお世話になったさざなみ不動産さんに、少しでも恩返ししたいですし」

美羽はそう言って穏やかな笑みを浮かべた。

「お二人は、今日は車で？」

美羽の質問には神代が答えた。

「ええ、社用車で来ました。都心からだと二時間ちょっとでしたね」

「この前はほんとに楽しかったです。地中を進むなんて、初めての体験だったので」

美羽の転居作業を行ったのは、つい二週間前のことだった。

地面の下を進むというのは、普段から間宮さんが使っている移動方法だ。上空を飛ぶ方法に比べると、視界が制限されて方向感覚を失いやすい一方、人から見つかるおそれは格段に低くなる。

「間宮さんにもお礼を言っておいてください。あの人に先導してもらわなかったら、私、絶対に迷ってました。あおいさんも、霊信で方向を教えてくれたりして、ありがとうございました」

地縛霊の転居の際には、間宮さんが霊を引率して地面の下を進んでいく。私たちも車で近くを走り、方向がずれたりすれば私が霊信で指示を出す。行き先を先導できる間宮さんと、地上から霊信で軌道修正ができる私がいるからこそできる方法なので、おそらく他社が真似(まね)しようとしても難しいだろう。

「間宮さんは今日は来られませんでしたが、そのうち様子を見にくると思いますよ」

「是非いらしてほしいです。ここでの生活は快適なんですけど、話し相手がいないのが唯一の悩みで……」

困り顔を浮かべる美羽に、神代が「ちょうどよかった」と手を叩いた。

「後日、美羽さんにご紹介したい方がいるんです」

「紹介したい人？　さざなみ不動産の方ですか？」

「いえ、一般の霊の方です。実はこの近くに住んでるんですよ。美羽さんと同じように、弊社が転居先をご紹介した男性の方です。もし気が合うようであれば、彼のお友達になっていただけないかと思いまして」

「そうなんですか！　是非お会いしてみたいです」美羽の顔が明るくなる。「どのあたりにお住まいなんですか？」

「ここから北東に五キロくらいのところにある廃墟です。霊の移動速度であれば、十五分くらいですかね。豪運をお持ちの方なので、彼と一緒にいれば、その運を分けてもらえるかもしれません」

遠野(とおの)とは、先々月に転居が完了してからも何度か会っているが、なんとか一人で健やかに暮らしているようだった。彼も人や霊と話す機会が少なく、寂しそうにしていたので、美羽を紹介することを思いついたのだった。

「社長にも言いましたけど、私、お二人に改めてお礼を言いたかったんです。いくつも物件を内見させていただいたおかげで、すごく良い場所に決めることができました。本当にありがとうございました」

美羽は深々と頭を下げる。こちらこそ、と言って神代は笑った。

「最初にご紹介した時から、ここを気に入ってましたもんね」

「なんだか、すごく落ち着くんです。物もあんまりないし、静かだし、自然に囲まれてるし。私はもともと田舎の出身で、あまり裕福な家ではなくて」

美羽の出身はたしか長野県の山間部だ。大学進学と同時に上京し、夫の小清水誠二(こしみずせいじ)とは大学で出会ったと聞く。

「夫がたまたまお金持ちだったから、長年あんな大きな家に住んできましたけど……やっぱり私には、こういうところの方が居心地いいみたい」

神代は本来の用事を思い出したようで、スーツのポケットに手を入れた。

「そういえば、これ。頼まれてたものです」

神代はポケットから、小さな木箱を丁重に取り出す。わあ、と美羽は嬉しそうに声を上げた。

「無事だったんですね、良かった。お手数をおかけして、すみません」

「お気になさらないでください。これ、どこに置いておきましょうか」

美羽は棚の一画を指で示す。そこにはちょうど、このオルゴールが置けるくらいのスペースが空いていた。

「蓋は開いて置いておきます？　それとも閉じて？」

「閉じていただけますか。中のカードが汚れたりしたら嫌なので」

神代は棚にオルゴールを置く。ありがとうございます、と美羽はお辞儀をした。

「カノンには渡せなかったから、せめて私が持っておこうと思って」

「やっぱりこのオルゴールって、結局渡せていなかったんですか」

「……コンクールが終わったら渡そうと思ってたんです。カノンがワンピースを着るときに気づくように、サプライズでポケットに仕込んでおいたんですよ。その直前に、あんなことになってしまって……こんなことになるなら、ちゃんと誕生日に渡してあげればよかった。カノンはきっと、そうしてほしかったんだろうなあ」

美羽は寂しそうに目を伏せる。

「私はいつも、カノンのしてほしいことを、ちゃんと分かってあげられてなかったと思います……たぶん、あんまり好かれてなかったんじゃないかな……本当に、母親失格ですよね」

美羽は当時のことを思い出すように、ぽつり、ぽつりと言葉を続ける。

「カノンは、私よりはるかに歌の才能があったんです。あの子なら立派な音楽家になれるはずだと思って、一生懸命教えてきたけれど……ずっと頭の片隅に不安がありました。彼女が本当に楽しんで音楽をやっているのか……自分の夢をあの子に押し付けているだけじゃないのか……そして、私はカノンに、嫌われていないか」

美羽の目は滲み、その声も震えていた。

「私はたぶん、母親らしいことをしてあげられなかった。体が悪くて、カノンには迷惑ばかりかけました。学校の行事を休ませてしまったことだってあります。カノンにとって、あの家で過ごした毎日は、楽しいものだったのでしょうか。それが分からなくて、自信がなくて……」

それは以前、美羽が私たちに対して、カノンの姿を借りて漏らした不満だった。あれはやはり、美羽がカノンに対して抱いていた罪悪感が、形を変えたものだったらしい。母親としての自信のなさから、あんな自虐的な考えが生まれたのだろう。

「私なんかね、死んでもよかったんです。あの子さえ生きていればそれでよかった」

「その強い思いが、美羽さんを地縛霊にしたんだと思います」

神代は真剣な表情で説明する。

「カノンさんと同じ年齢、そして、カノンさんのお気に入りのワンピース……。カノンさんに生きていてほしいと強く願ったから、あなたは彼女に成り代わって、この世に留まろうとしたんでしょう」

神代は提げていた鞄に手を入れて、中を探りはじめた。やがて取り出したのは、カノンの部屋に置かれていた、あのテディベアだった。

「このクマちゃんに見覚えはありませんか。カノンさんの部屋で見つけたんです」

「初めて見ました……」不思議そうな表情で、愛らしいクマを見つめている。

続いて神代は、鞄からメッセージカードを取り出して、美羽のいるあたりに掲げた。彼女はそこに書かれた言葉を見るなり、ハッと顔を上げる。

「これは……カノンの字です……！」

「母の日のプレゼントだったようです」そう言って神代は、カードの裏面の『Happy Mother's Day』という文字を見せる。「これをあなたに渡す前に、あの事件が起こってしまったのかもしれません」

神代はテディベアのお腹のあたりを、優しく指で押し込んだ。しばらくして、テディベアのお腹から、若々しい女性の歌声が聴こえてくる。このテディベアにはスピーカーが内蔵されており、録音した音声を再生する機能がついているのだ。その美しい歌声は、いつか動画で聴いたカノンの声と全く同じだった。

「この仕掛けに気付いたときは驚きました」

神代は木箱のオルゴールの方に目をやった。

「美羽さんもカノンさんも、お互いに、自分の歌をプレゼントしようとしていたんです。親子の発想って似るものですね」

カノンが歌っているのは、外国語の歌だった。ゆったりとしたテンポの素朴な曲調で、私も聴いたことのある有名なメロディーだ。神代が調べたところによると、ブラームスという作曲家が作った、1860年代の子守唄らしい。

「この曲に、何か特別な意味があるんでしょうか？」

神代が尋ねると、美羽はゆっくりとうなずいた。

「小さい頃、カノンに聴かせてた子守唄です」目に涙をにじませて、そう答える。「あの子、この歌が好きだったから……」

私はメッセージカードの表面に書かれた言葉を、改めて確認した。

『ママ、いつもありがとう。小さい頃、ママが聴かせてくれた歌が、今でも私の宝物です。お願いだから、いつまでも元気でいてね。大好きだよ』

小さい頃から、美羽に聴かされていた子守唄——カノンにとってこの曲は、美羽との大切な想い出の一部だったのだろう。

神代は美羽の方を向いて、穏やかな表情で語った。

「美羽さんは、とてもいいお母さんだったんだと思います。カノンさんにとっては、優しくて尊敬できる、大好きなママだった。カノンさんは美羽さんのおかげで、とても幸せな人生を送ることができたんです」

美羽は目を潤ませながら、何度もうなずいていた。

「カノンがこれから、私みたいな幽霊になることはないんでしょうか。幽霊になって、会えたりは……」

「残念ながら、可能性は低いと思います。亡くなられてから五年も経っていますし」

「そうですか……」美羽は物悲しそうに目を伏せる。

「でもな、美羽さん。これは気休めにしかならんと思うけど……カノンちゃんが霊になってないってことは、幸せな気持ちで最期を迎えた証拠でもあんねん。きっと、恨みも怒りもなく、安らかに死んでいったんやと思うわ」

「そう……だといいですね」

美羽は思いに耽(ふけ)るように目を閉じた。カノンはまだテディベアの中で、心地よい子守唄を奏でている。やがて美羽も、カノンの歌声にそっと寄り添うように、同じメロディーを小さく歌いはじめた。

私と神代も目を閉じて、二人の歌にじっと聞き入る。

カノンに対する強い想いゆえに、霊としてこの世に留まった美羽。そして、そんな美羽を愛したまま、安らかに眠りについたカノン。本来続いていくはずだった二人の生活を思うと、私の中にも込み上げてくるものがあった。

「――おやすみなさい」

曲が終わり、穏やかに、美羽はそうつぶやいた。

訪れた静寂に添えるようにして、美羽が私たちに言った。

「神代さん、あおいさん。私、この歌を聴いて、思い出したことがあるんです」

「思い出したこと？　何でしょう？」神代が目を丸くして尋ね返す。

「指輪のことです。小清水家の指輪が今、どこにあるか」

え、と私と神代は同時に声を上げる。

「だって、あれは誠二さんのご親族が持っていったんとちゃうの？」

「三島の前ではそう言いましたけど、私の記憶では違うんですよ……そのオルゴールの蓋を開けてみてください」

神代は先ほど棚に置いたばかりの木箱を手に取り、蓋を開けた。

「バラのプリザーブドフラワーがあるでしょう？　それって外せませんか？」

美羽の言うとおりに、バラの花を摘まんでみる神代。箱に固定されているわけではないらしく、少し力を入れると取り外すことができた。バラの花の下には、底面の半分くらいを占めるオルゴールの機械の他に、もう一つ。直径二、三センチはあるダイヤモンドのついた、指輪が無造作に置かれていた。

「やっぱりそうでした！　カノンを驚かせようと思って、そこに入れておいたんです。あの娘、宝石とか好きだったから」

美羽は嬉しそうに笑っている。

「さっきの子守唄に、『バラのゆりかごで、静かに眠れ』――みたいな歌詞があるんです。その歌詞になぞらえて、バラの下に」

「こ、こんな高価なものを、こんな無防備な状態で⁉」神代は慌てた様子で美羽の方を見た。「ダイヤがダメになっちゃうんじゃ……？」

「そうですか？　ダイヤですし、そう簡単には劣化しないんじゃないですかね？」と美羽は呑気に口にする。「まあ、あのクローゼットの中で五年も放置されてましたし、この前のゴタゴタで傷くらいはついてるかもしれませんけど」

さらりと言う美羽をよそに、私はその指輪に顔を近づけて観察していた。こんなに大きなダイヤモンドは初めて見る。バランスの良い綺麗なブリリアントカットが、窓から差し込む光を煌びやかに反射していた。確認する限り、傷はどこにもついていない。

「その指輪は、お二人に差し上げます」

あまりにさらりと美羽が言うので、私と神代はすぐに反応ができなかった。

「い、いやいやいやいや！　何を言ってるんですか！」神代は顔の前で手を振った。「さすがにこんな高価なものは……」

「私からの、せめてもの感謝のしるしです。霊になった私にはもう、人間界のお金とか財産とかは関係ないですから。売るなり飾るなり身に着けるなり、お二人の好きにしてください。保存状態も悪いですし、価値は下がってるかもしれませんけどね」

「いやあ……えっと……」

困ったように私の顔をうかがう神代に、私は霊信を送る。

——お前の判断に任せるで。どっちを選んでも、社長から文句は言われへんやろ。

神代は頭を抱えてしばらく考え込んだ後、自分を納得させるように大きくうなずいた。

「たいへんありがたいですが、そのお気持ちだけでけっこうです。その指輪はカノンさんとの想い出の品ですし、誠二さんの形見でもありますから。美羽さんご自身が大切に持っておくべきものだと思います」

「……そうですか。たしかに、そうですね」

美羽は納得した様子で小さく何度かうなずいていた。その言葉を聞いて、神代も満足そうな表情を浮かべる。

「あの家は、どんな方が買うんでしょう」

美羽がぽつりと口にした。神代は「どうでしょうね」と優しく相槌を打つ。

「実際に売りに出すのはこれからなので、まだ何ともいえませんね。でも、あの広さなら、きっと家族連れだと思います」

そうですか、と彼女は窓越しに映る空を見つめた。

「どんな方たちが住むにしろ、幸せに、賑やかに暮らしてほしいです。平穏な毎日が続くと信じたまま、その夢から醒めず、ずっと幸せに……」

その後もしばらく談笑をしたあと、私たちは小屋を後にすることにした。

「またいつでも来てくださいね。よければ社長さんや間宮さんも一緒に」

美羽は小屋の前で私たちに笑いかけた。

木々の間を通り抜けた風が、水色のワンピースの裾を揺らしたように見えた。

＊

車に乗り込むと、すぐに窓を開け、車内の生暖かい空気を逃がす。

冷房が効きはじめるまで、しばらくエンジンをつけたまま車内でくつろぐことにした。さすがに暑さに耐えられなくなったのか、神代はネクタイを外し、ワイシャツのボタンを二つ開けている。

「美羽さん、元気そうだったねえ」神代は心底嬉しそうに笑っている。

「せやな、ほんまによかった。あの家も気に入ってくれてたし……ていうか指輪、ほんまに良かったん？」

「うん。だって、あおいも気乗りしてなさそうだったし」

「あれを売ったら、夢の一軒家が買えたかもしれへんで？」

「いや、自分で稼いで建てるから大丈夫だよ。それにさ、あそこで貰ったら、三島と同じような人間になり下がっちゃう気がして」

「あーあ、カッコつけてもうて。一時の道徳心に駆られて、一攫千金のチャンス逃してもうたで。アホな奴やなあ」

「そ、そんなこと言うなら、霊信でもっと背中を押してよ！　さすがにけっこう迷ってたんだから！」

神代はそう言って口を尖らせていた。私はそんな神代を見てけらけらと笑う。

冷房が効きはじめ、少しずつ車内が涼しくなってきた。私はここ最近の出来事を思い出しながら、しみじみとつぶやいた。

「この件、大変やったなあ。お前とコンビ組んでから、一番苦労したんちゃうん？」

「結局、解決まで三カ月もかかっちゃったしね。まあそのほとんどが、あの三島って男のせいだけど」神代は腕を伸ばして、うーんと思い切り伸びをした。「でもさ、もともと半年はかかるかもって覚悟してたわけだし、僕たちけっこう頑張ったよね？」

「むしろ大成功やろ。オーナーも喜んでくれはったし」

「近いうちに盛大に打ち上げしようよ。本社でやれば、間宮さんも参加できるでしょう？　酒とか料理とかは、社長の奢りにしてもらってさ」

「ええやん、やろうや。最近暑いし、思いっきりビール飲みたいわ」

神代は全開になった窓に片肘を置いて、外の景色を眺めていた。しばらくの間、二人の会話が止まる。静かな車内に、冷房の音と、外から入り込む風の音だけが聴こえていた。

神代は、引き締まった首筋に伝う汗を、あのハンカチで拭っていた。大学で神代と出会ってから、もう七年以上が経つ。もし彼と出会えていなかったら、私はこの仕事には就いていないだろう。彼に掬い上げてもらえなかったら、まだ孤独の海の中で溺れかけていただろう。

みんなに寄り添い、みんなを助けようとするこのお人好しの、支えになってやる——これから先、そんな役割を担う覚悟を、私は密かに決めている。

そんな思いにふけっていると、神代が突然私の方に向き直った。

「実は、あおいにずっと言いたかったことがあるんだ」いつになく真剣な表情をしている。

「馬鹿にしないで聞いてくれる？」

突然訪れた緊迫感のある雰囲気に、心拍数が上がっていくのを感じた。ふいに私の脳裏に、美羽から散々からかわれていたことが浮かぶ。ハンカチに縫い込まれたハート形の葉っぱが、やけに目についてしまう。

う、嘘やろ……？　まさか……？

「僕はね、パートナーがあおいで、本当に良かったと思ってるんだ」

神代はしみじみとそんなことをつぶやいた。

「考えてみたら、こうやって大学時代からの親友と仕事ができてるのって、奇跡的なことだよね。僕はあおいの能力がないと全く役に立たないでしょう？　その能力を持って生まれたのがあおいってこと自体、すごい巡り合わせだと思うんだよ」

私は息を大きく吐いて、胸を撫でおろす。そういう想像が少しでも頭に過ぎったことが恥ずかしくなり、私は反対側の窓の外に目をやった。

「……びっくりさせんなや」

「びっくりって、何が？」神代はきょとんと目を丸くしていた。

「何でもないわ、アホ。どうしたん、急に感傷に浸ってもうて」

「僕はあおいのことをすごく信頼してるんだ。あおいになら、僕の弱い部分を見せてもいいと思ってる」

「な、何やねん！　今日はぐいぐい来るやんけ！」

私はさすがに耐えられなくなり、神代の方を振り返ってツッコミを入れる。

「でかい案件が終わって感極まってんのか!?　くすぐったくてさすがに聞いてられへんぞ！」

同じくこちらを向いた神代は、思いのほか真剣な顔をしていた。

「ちゃんと言う機会がなかったけど、一回、すごく反省したんだよ。本当はもっと僕の悩みを、あおいに共有した方がよかったんじゃないかって」

何のことを言っているかは、すぐにピンときた。神代の母親の事件のことだ。

神代は霊感がないにもかかわらず、自分の部屋に地縛霊が棲みついていることに、何となく気づいていた。自宅にやって来た友人が次々に被害に遭い、しかも、私がそれらを霊の仕業だと断定したためだろう。被害が始まった時期が、母親が施設で亡くなったタイミングとぴったり一致することから、その霊の正体が自分の母親であることもうすうす感づいていたらしい。

「たしかにあん時は……何で相談してくれへんねん、とは思ったよ」

神代とは目を合わせずに、正直な思いを口にする。

「お前とは、何でも話せる関係やと思ってたから、けっこうショックやった。私だってお前のことは信頼してるつもりやし。私がこういう仕事してんの知ってるんやから、真っ先に私に助けを求めたらよろしいやん。それどころか、私のことを避けたり、私にだけ休学のこと内緒にしたりしてさ。水臭いで、ほんまに」

この件で神代を責めたことは一度もなかった。それでも、私がモヤモヤした気持ちを抱えていることに、神代は気づいていたのかもしれない。

「当時は、あおいに迷惑かけたくないって思いが強かったんだ。僕は器用に悩み相談とかできる方じゃないし、自分のことを話すのも苦手だから……何より、友達の母親を除霊するなんて、あおいの心の負担が大きすぎると思ったからさ」

最後の話は私も予想していなかった。神代は自分があれだけ追い詰められていながら、そんなことにまで気を遣っていたのか。

神代は少し声のトーンを明るくする。

「でも今は、余計な気遣いだったって反省してる。本当に信頼してるなら、そういうときこそ助けを求めるべきだよね。だからこれからは、あおいにもっと、僕の話を聞いてもらうことにするよ」

神代の言葉に、私は照れ笑いを浮かべながらうなずいた。

「そうやな。何でも相談してくれてええで。今は私の方が二年も先輩やしな」

「そのわりには、一回もご飯とか奢ってもらったことないんだけど」

「それはほら、二年なんて、大した差やないからさ。歳は全く一緒なわけやし」

「なんか都合いいなあ。前と言ってること違うし」

神代が笑うのにつられて、私も笑ってしまった。

「そういうことだから、これからはお互い、隠し事や嘘はなしにしよう。それが、たとえ相手を気遣ったものであってもね」

私は手元に目線を落としながら、「りょーかい」とうなずいた。

「そんなわけで、あおいにずっと聞きたかったことがあるんだけど、いいかな？」

「おお、早速かいな。なんやねん」神代の深刻そうな表情に、私は身構える。

「……最後さ、何て言ってたのかな、と思って」

「ん？　美羽さん、また来てくださいって言うてたで。ずっと霊信で伝えてたやん」

「そうじゃなくて。僕の母さんのこと。本当は何て言ってたの？」

そう言われてやっと、神代の母親を除霊した日のことだと分かった。

あの時ついた嘘に、神代は気づいていたらしい。

「……全部は覚えてへん。会話できないような状態やったし」

「やっぱり、覚えてる言葉はあるんだね？」

神代は振り返り、優しい目で私を見つめる。私は目線を逸らして、静かにうなずいた。

「……どうして一緒に死んでくれないんだ、って。殺したいほど憎い……そんなことを言うてたと思う」

「うん、うん」

愛は時に、何かをきっかけにして、絶対値をそのままに憎しみへと変化する。行き過ぎた信頼は、互いに依存し合う関係へ変わることがある。自分の手を離れて楽しそうに暮らす、最愛の息子の姿は、心を病んだ母親の目にどう映っていたのだろうか。

「お前と……もっと一緒にいたいって。だから今すぐ死んでほしいって。そう言って泣き叫んでた」

「そうか……ありがとう。本当に優しいなあ、あおいは」

神代は穏やかに微笑んで、目をつむった。私もそれを真似て、目を閉じてみる。

涼しげな風に乗って、少女の綺麗な歌声が聴こえたような気がした。

お便りはこちらまで

〒一〇二―八一七七
富士見L文庫編集部　気付
月並きら（様）宛
ボダックス（様）宛

富士見Ｌ文庫

# 地縛霊側のご事情を
## さざなみ不動産は祓いません

月並きら

2024年６月15日　初版発行

発行者　山下直久
発　行　株式会社 KADOKAWA
〒102-8177　東京都千代田区富士見2-13-3
電話　0570-002-301（ナビダイヤル）

印刷所　株式会社暁印刷
製本所　本間製本株式会社
装丁者　西村弘美

定価はカバーに表示してあります。　◇◇◇



●お問い合わせ
https://www.kadokawa.co.jp/（「お問い合わせ」へお進みください）
※内容によっては、お答えできない場合があります。
※サポートは日本国内のみとさせていただきます。
※Japanese text only

ISBN 978-4-04-075444-4 C0193

# 氷室教授のあやかし講義は月夜にて

著／古河 樹　イラスト／サマミヤアカザ

**ミステリアスな海外民俗学の教授による**
**「人ならざるモノ」の講義開幕――。**

大学生・神崎理緒は、とある事情で海外民俗学を担当する美貌の外国人・氷室教授の助手となる。まるで貴族のように尊大で身勝手、危険な役目も平気で押し付けてくる教授にも、「人ならざる」秘密があって……。

【シリーズ既刊】1〜3巻

富士見L文庫

# EAT
## 悪魔捜査顧問ティモシー・デイモン

著／田中三五　イラスト／およ

**仲間全員を喪った捜査官。彼の新たな相棒は、**
**悪魔の連続殺人犯だった――。**

ある事件で仲間を喪った捜査官·ミキオ。傷心の彼の前に現れたのは死刑囚の連続殺人鬼·ティモシーだった。驚くミキオだったが、なんとFBIの特殊捜査班·EATとして、ティモシーとバディを組むことになり……？

富士見L文庫

# せつなの嫁入り

著／黒崎 蒼　イラスト／AkiZero

## 座敷牢で育つ少女は、決して幸せに結ばれることのない「秘密」があった――

華族の父親に嫌われ、座敷牢で育った少女・せつな。京の都に住むあやかし警邏隊・藤十郎のもとへ嫁ぎ、徐々に二人は好き合うようになる。だがせつなには決して結ばれることのない、生まれもった運命があった。

【シリーズ既刊】1～3巻

富士見L文庫

# 犬飼いちゃんと猫飼い先生

著／竹岡葉月　イラスト／榊 空也

## 何度会っても、名前も知らない二人の想いの行方は？
## もどかしい年の差&犬猫物語

僕、ダックスフントのフンフン。飼い主の藍ちゃんは最近、鴨井って人間の雄を気にしてる。鴨井だって可愛い藍ちゃんに惹かれてる。けど、僕は鴨井が藍ちゃんに近づけない重大な秘密も知っているんだ！ その秘密はね…。

【シリーズ既刊】1～3巻

富士見L文庫

# わたしの幸せな結婚

著／顎木あくみ　イラスト／月岡月穂

**この嫁入りは黄泉への誘いか、**
**奇跡の幸運か——**

美世は幼い頃に母を亡くし、継母と義母妹に虐げられて育った。十九になったある日、父に嫁入りを命じられる。相手は冷酷無慈悲と噂の若き軍人、清霞。美世にとって、幸せになれるはずもない縁談だったが……？